The Prophet
예언자
칼릴 지브란/박지은 옮김

동서문화사

그림 : Kahlil Gibran/Auguste Rodin

예언자
차례

그이와 함께 사랑으로
박지은

　모든 신의 창조물을 사랑하십시오. 바람에 흩날리는 한 알 한 알의 모래를, 모든 나뭇잎을, 모든 햇빛을, 모든 동물을, 모든 식물을 사랑하십시오. 그리하면 당신은 이 세상 모든 사물에 깃든 성스러운 신비를 알게 될 것입니다. 그리고 그 깨달음은 점점 더 크고 밝은 빛으로 자라나, 마침내는 온 세상을 품는 사랑이 될 것입니다.

　사랑, 그토록 사납고 그토록 연약한 것. 나쁜 날씨처럼 험상궂고 한낮처럼 아름다운 것. 사랑은 기쁨, 웃음, 짙푸른 자유의 천공. 사랑은 전율, 망각, 죽음의 공포. 어둠 속 아이처럼 두려움에 떨면서도 태양처럼 당당한 것. 짓밟히고, 부정당하고, 상처받는 사랑. 저주받고, 쫓기고, 살해되는 사랑. 그러나 여전히 이토록 생생하게 되살아오는 사랑. 정오의 태양. 황금의 선율. 이 사랑은 나의 것. 이 사랑은 너의 것.

　내가 여러 나라의 언어로 말하고 천사의 말까지 할 줄 안다 해도, 사랑이 없다면 한갓 요란하게 울리는 징이나 꽹과리에 지나지 않습니다. 내가 하느님의 말씀을 받아 전할 수 있다 하더라도, 온갖 신비를 환히 꿰뚫어 보고 모든 지식을 가졌다

하더라도, 산을 옮길 만한 믿음을 가졌다 하더라도 사랑이 없으면 나는 아무것도 아닙니다. 내가 비록 모든 재산을 남에게 나누어 준다 하더라도, 또 내가 남을 위하여 불구덩이에 뛰어든다 하더라도 사랑이 없으면 아무런 소용이 없습니다. 사랑은 오래 참습니다. 사랑은 친절합니다. 사랑은 시기하지 않습니다. 사랑은 자랑하지 않습니다. 사랑은 교만하지 않습니다. 사랑은 무례하지 않습니다. 사랑은 욕심부리지 않습니다. 사랑은 성내지 않습니다. 사랑은 앙심을 품지 않습니다. 사랑은 불의를 보고 기뻐하지 아니하며 진리를 보고 기뻐합니다. 사랑은 모든 것을 덮어 주고 모든 것을 믿고 모든 것을 바라고 모든 것을 견디어 냅니다.

도스토옙스키와 프레베르 그리고 성경의 글에서 사랑으로 피어나는 꽃…… 그것은 칼릴 지브란의 《예언자》가 가르쳐준 '아름답게 살아가기 위한' 언어의 꽃다발입니다.

향긋한 하얀 장미의 환상

칼릴 지브란. 그와의 첫 만남을 잊을 수 없습니다. 벌써 10년도 더 지났지만, 지금도 꿈속 풍경처럼 눈앞에서 아른아른합니다. 그 사랑의 시를 처음 읽은 날, 내 가슴은 아름다운 슬픔으로 물들었습니다. 하얀 장미 꽃송이가 티 없이 맑은 빛을 내며 내 마음 위로 떨어져 내리는 듯했습니다. 홀연 세상이 맑아왔습니다. 그 무렵 몸도 마음도 한없이 지쳐 있던 내게 그 사랑의 시는 더없는 위안이요 구원이었습니다.

사랑이 원하는 것은 오직 하나. 바로 사랑 스스로를 만족시키는 일입니다.

그러나 당신이 사랑을 할 때 사랑뿐 아니라 다른 욕망이 생겨나거든 이렇게 바라십시오.

그 욕망이 녹아서 시냇물처럼 졸졸졸 노래하며 밤으로 흘러가게 되기를.

넘치도록 사랑하는 고통에 대하여 알게 되기를.

스스로 깨달은 사랑에 상처받기를.

그리고 스스로 기꺼이 피를 흘리게 되기를.

새벽과 더불어 설레는 마음으로 눈뜨고,

사랑이 넘치는 새날에 감사하게 되기를.

한낮에는 평화로이 쉬면서 황홀한 사랑을 음미하게 되기를.

해질녘이면 감사한 마음을 가득 안고 집으로 돌아오게 되기를.

그리하여 마음으로는 사랑하는 사람을 위해 기도하고,

입술로는 찬미의 노래를 부르며 잠들게 되기를.

〈사랑에 대하여〉

이 시의 마지막 두 줄은 특히 더 내 가슴을 울렸습니다. 우리 삶은 참으로 고달픕니다. 삶과 죽음, 이별의 슬픔, 고통의 씨앗은 끊이질 않습니다. 한 번뿐인 삶은 시간이 지나면 무를 수도 돌이킬 수도 없습니다. 게다가 덧없이 짧습니다. 아주 조그만 희망조차 예측할 수 없는 일 때문에 줄어들고 스러지는 일이 적지 않습니다.

절망에 사로잡힌 사람들은 이따금씩 적막감 속에서 한탄합니다. 이 세상은 그저 잠깐 머물다 가는 곳에 지나지 않는다고. 하지만 절대 목숨을 가벼이 여겨서는 안 됩니다. 우리들의 생명은 40억 년 전에 지구상에 나타나 줄곧 진화의 모진 시련 앞에 놓여 있었습니다. 아득히 머나먼 태곳적, 생명은 눈에 보이지 않을 만큼 하찮은 벌거숭이로 이 드넓은 우주에 태어났습니다.

그 생명이 40억 년이나 이어지기 위해서 얼마나 많은 기적을 거쳐 왔을까요. 생명과학을 연구하는 사람들조차 정신이 아찔해질 만한 기적에서 기적으로 줄타기를 거듭했기에 가까스로 우리가 존재할 수 있었던 것입니다.

이렇게 조그맣고 연약한 우리와 우리 가족이 오늘도 무사히 하루를 보냈다 생각하면 감사의 기도가 절로 우러나옵니다. 그리고 내일도 아무 탈 없이 지낼 수 있기를, 사랑하는 이들을 위해 기도하게 됩니다. 이처럼 간절한 사랑의 기도는, 생명이 숱한 위기를 기적적으로 넘기고 진화해온 역사만큼이나 소중하다 말할 수 있지 않을까요?

나에게도 어딘가 순탄치 못한 날들이 있었습니다. 바로 괴로운 병 때문이었습니다. 나는 사랑을 거의 잃고 말았습니다. 가족을 사랑했지만 그 사랑은 연약한 바람에도 쉽없이 흔들렸습니다. 사랑이 무엇인지 생각하면 할수록 더욱 알 수가 없었습니다. 그런 괴로운 의문이 내 안에서 움틀 때마다 칼릴 지브란이 쓴 사랑의 시가 얼마나 나를 위로해주었는지 모릅니다.

그 시는 서쪽 하늘에 아련히 번져가는 노을처럼 따뜻한 빛으로 마음속 으스러진 상처를 비춰주고, 마음 구석구석 씻어내어 샛말개질 때까지 다독여주었습니다.

사랑이 흔들릴 때

나는 외로웠습니다. 아무도 믿어주지 않는 고독의 나락에 떨어지고, 나을 가망 없는 병 때문에 정신력도 바닥났습니다. 사람은 어떻게 살아야 하는 걸까요? 그 답을 찾는 사이 내 마음은 메마른 논바닥처럼 쩍쩍 갈라졌고 나는 그 조각들을 그러모으려 애썼습니다. 단 하루만이라도 어떻게든 사람답게 살 수 있기를 날마다 빌고 또 빌었습니다. 톱니처럼 생겨난 마음의 틈새에는 침침하게 그늘진 깊은 늪이 자리했습니다.

그것이 절망이라는 이름의 늪이었는지 아닌지는 모르겠습니다. 하지만 내게는 마음이 산산이 부서지지 않도록 지켜주는 다정한 벗이 있었습니다. 바로 칼릴 지브란의 시였습니다.

> 아름다움이란 욕구가 아니라 희열입니다.
> 목마른 입도, 적선을 바라고 내민 빈손도 아닙니다.
> 불타는 가슴이며 매혹된 영혼입니다.
> 보고 싶은 심상도, 듣고 싶은 노래도 아닙니다.
> 아름다움은 오히려 눈을 감아도 보이는 영상이며,
> 귀를 닫아도 들리는 노래.
> 주름진 나무껍질 안에 흐르는 수액도 아니며,
> 날카로운 발톱에 걸린 날개도 아닙니다.
> 오히려 영원히 꽃이 지지 않는 정원이며,
> 영원히 하늘을 날아다니는 천사의 무리입니다.
> 오르팔리스 사람들이여, 아름다움은 생명입니다.
> 생명이 베일을 벗을 때 드러나는 거룩한 얼굴입니다.
> 〈아름다움에 대하여〉

칼릴 지브란이 가리키는 아름다움의 유혹에 이끌린 나는 삶 가까이에서 아름다움을 힘껏 찾아내기로 마음을 다잡아갔습니다.

여러분은 벚꽃의 안쪽 깊숙한 곳이 파랗다는 것을 아시나요? 괴로움이 없을 때는 벚꽃을 한 덩어리로만 보았습니다. 하지만 괴로움이 생기면 감성이 맑게 닦입니다. 벚꽃 한 송이마다에 숨겨진 깊디깊은 곳을 들여다보게 됩니다.

겨울날 해넘이에 붉게 타오르는 저녁노을의 아름다움을 알게 된 것도 몸이 병든 뒤였습니다. 나는 모차르트 음악의 선율에 마음을 흠뻑 적시며 그 아름다움을 한껏 즐겼습니다. 여러 화가들의 화집도 눈으로 열심히 훑어보았습니다. 타고난 재능에 뼈를 깎는 수련을 거듭한 화가들. 그들이 자신의 기량과 일생을 다 바쳐 온 정신을 쏟아 부어서 그려낸 그림 작품에는 매우 깊은 멋이 있었습니다. '아름다움은 베일을 벗고 거룩한 얼굴을 드러낸 생명'이라는 칼릴 지브란의 시구가 다시금 환한 깨달음으로 내 가슴을 쳤습니다.

이제 사랑이 무엇인지 고민할 필요가 없었습니다. 왜냐하면 …… 사랑이 내 마음을 채워주고 있으니까요.

사랑이 원하는 것은 오직 하나. 바로 사랑 스스로를 만족시키는 일이니까요.

《예언자》를 우리말로 옮기기까지

《예언자 The Prophet》는 지금까지 90여 년 동안 30여 나라에서 번역되어 무려 3천 만이 넘는 사람들이 읽었다고 합니다. 미국에서는 성서 다음으로 많이 팔린 책으로 여겨질 정도입니다. 그러나 우리나라에서는 몇 번인가 번역이 이루어졌음에도 아직 세상의 이목을 크게 잡아끌지는 못하는 것 같습니다. 세계 여러 나라에서 수많은 교양 있는 독자들의 사랑을 받는 이 책을 한국에도 널리 알리고 싶은 마음이 더욱 간절해졌습니다. 사실 오래전에 그 마음을 동서문화사 나의 그이에게 말한 적이 있습니다.

"칼릴 지브란 《예언자》《눈물과 미소》《사람의 아들 예수》 이 좋은 책들을 한국의 많은 사람들이 제대로 읽을 수 있게 해주는 것이 출판사의 사명이자 편집인의 역할 아닌가요?"

그이는 내 간절한 바람을 진지하게 받아들여 주셨습니다. 언제나 이 세상에서 그이는 내편이었습니다. 그즈음 마음의 건강에 시달리고 있었지만, 왠지 운명이 나에게 손짓하는 듯했습니다. 내 마음은 칼릴 지브란 세 작품집 번역에 대한 갈망으로 활활 불타올랐습니다. 드디어 그의 시를 처음으로 읽었을 때 느꼈던 커다란 하얀 장미 꽃송이, 그 '사랑으로 피어나는 꽃'을 여러분의 가슴속에도 피울 기회가 주어진 것입니다.

칼릴 지브란의 사상─온 우주가 사랑이다

칼릴 지브란의 사상은 그리스도교 사상과 이슬람 신비주의의 영향을 크게 받았습니다. 여기에 동양사상에 대한 폭넓은 배움이 더해져 깊이 있고 독특한 사유를 이루었습니다. 《예언자》는 이처럼 여러 복합적이고 심오한 사상의 결합으로 탄생한, 모든 이를 위한 영혼 안내서라 할 수 있습니다.

칼릴 지브란의 시는 지구에서 살아가는 모든 존재가 하나로 맺어져 있으며 생명은 영원불멸하다고 노래합니다. 여기에는 우주를 곧 신으로 여기는 범신론적 세계관이 엿보입니다.

'시간'에 대한 장에서 예언자 알 무스타파는 이렇게 말합니다.

"그대 안에서 노래하고 생각하는 존재는 우주에 별들이 흩어져 있던 그 태초의 순간 속에 여전히 살아 있습니다."

이는 빅뱅에 대해 말한다고 생각할 수도 있겠지만 빅뱅이론은 1957년 미국의 마틴 라일이 입증한 것입니다. 지브란의 생각은 그보다 30년도 더 앞선 것이지요.

《예언자》에는 우주적인 사랑이 면면히 흐르고 있습니다. 알 무스타파가 처음 노래한 것도 사랑에 대한 것이었습니다. 사랑은 존재에 있어 가장 소중한 요소이기 때문입니다. 사랑의 기쁨은 사랑의 고통, 슬픔과 따로 떨어져 존재할 수 없다는 것이 이 노래의 중심 메시지입니다.

또한 알 무스타파는 모든 존재가 신성하며 영원불멸하다는 종교적 믿음을 노래합니다. 이는 언뜻 니체의 영겁회귀사상을 떠올리게 하지만, 니체의 니힐리즘과는 다른 성격을 드러냅니다. 절대선도 절대악도 없다고 보는 그는 이렇게 노래합니다.

"우뚝 선 자도 쓰러진 자도 같은 인간이며 '작은 생명체'의 밤과 '신적 자아'의 낮 사이, 그 어두침침한 틈새에 우두커니 서 있다."

그러므로 알 무스타파는 니체가 창조한 차라투스트라와 같은 초인이 아닙니다. 범속성을 뛰어넘는 그의 숭고함은 니체적 초월이 아니라, 오히려 양 극단의 균형에서 태어나는 그 무엇이기 때문입니다. 그에게서는 니체 철학에서 느낄 수 있는 공중제비 돌듯 아찔한 비약적 사고나 복잡한 미궁 같은 논리를 찾아볼 수 없습니다. 그저 '모든 사람은 이 세상에 태어난 대로 살아가면 된다'고 단순하게 말할 뿐입니다. 종교적 색채를 지나치게 드러내는 말로 우리를 놀라게 하거나 고결한 존재를 내세워 마음을 짓누르는 도덕을 강요하지도 않습니다.

누구든 쉽게 이해하고 따를 수 있는 소박한 삶의 지혜를 담담히 일러줄 뿐입니다.

저마다의 생명을 잘 살아가자.
모든 사람은 이 세상에 태어난 대로 살아가면 된다.

칼릴 지브란은 삶과 죽음을 흑백으로 나누지 않습니다. 착한 사람 나쁜 사람, 좋아하는 사람 싫어하는 사람을 나누지도 않습니다. 철학자나 재판관처럼 선악과 정의를 엄격히 따지지 않고, 누구나 실천할 수 있는 '잘 살아가는' 방법만을 깨우쳐 줍니다. 그리고 어느새 독자에게 비길 데 없는 도덕과 지혜의 깊이를 퍼뜨립니다. 사람의 선함을 진심으로 믿는 그 거짓 없는 마음은 순수하고 완전무결합니다.

인간의 자아는 진화하며 생명은 영원하다
"기쁨은 가면을 벗은 슬픔의 참모습입니다. 강과 바다가 한 몸이듯 삶과 죽음은 한 몸입니다."
이렇게 말하는 지브란은 그리스도교 사상의 한계를 무척 아슬아슬하게 넘어서고 있습니다.
그리고 이 책은 수수께끼 같은 구절로 끝을 맺습니다.
"이윽고 바람 위에서 짧은 휴식을 취하고 나면, 또 다른 여인이 나를 낳을 것이다."
예언자 알 무스타파가 오르팔리스 섬을 떠나는 것은 태어나기 전 모습으로 돌아감을 암시합니다. 오르팔리스 섬은 지구입니다. 알 무스타파는 신의 영혼을 떠나 지구에 온 것입니다.

바람을 타고 지구로 와서 아주 잠깐의 평안을 누리고 다시 바람결에 실려 떠납니다. 그러면 그 뒤 '또 다른 여인이 나를 낳을 것'입니다. 사람은 죽으면 지구를 벗어나 신의 영혼 곁으로 돌아갔다가 다시 그곳을 떠나서 새로운 인간이 되는 것입니다. 생명은 영원하다는 칼릴 지브란의 믿음이 이렇게 드러나고 있습니다.

알 무스타파가 누구인지 이해한 뒤 또 하나 주목해야 할 점이 있습니다. 예사롭지 않은 지혜가 모두 직접화법—일인칭 형식으로 서술되고 있는 것입니다. 사실 세계 여러 나라의 신화는 거의 예외 없이 일인칭 직접화법 형식을 따르고 있습니다. 예수와 무함마드(마호메트)의 이야기도 일인칭입니다.

물론, 문자와는 거리가 먼 민중에게 그 뜻을 전달하기 위해서는 단순하고 소박한 일인칭 화법의 구술형식이 가장 적합했을 것입니다. 이런 이야기 속에서는 감정의 흐름이 최고조에 이를 때, 어김없이 시와 노래가 등장했습니다. 그러한 억누를 길 없는 충만한 정서의 산물이 기도나 축문, 고전 문학 작품이 되어 오늘날 우리에게 전해 내려오는 것입니다.

이런 이야기들의 주인공은 예언자의 역할을 합니다. 여기서 예언자란 자신의 육신을 통해 신의 목소리를 전하는 자를 가리킵니다. 칼릴 지브란의 《예언자》 또한 비슷한 성격을 띠고 있습니다. 작품 면면에 흐르는 종교적 색채에도 불구하고 《예언자》는 그리스도교나 이슬람교의 인격신 개념에서 벗어나 보다 원초적이고 심원한 영혼의 세계를 노래합니다. 경탄을 자아내는 단순한 문체, 엄숙하고 뛰어난 비유와 우아한 운율이 읽는 이의 마음을 뒤흔들어놓습니다.

떠나는 이가 전하는 지혜의 노래

《예언자》는 장편 산문시입니다. 이야기가 하나로 이어진 긴 시를 읽어본 적이 없는 사람은 예언자 알 무스타파가 갑자기 풀어내는 이야기에 조금 당황할 지도 모릅니다.

이 시집은 28장으로 구성되어 있으며, 사랑과 결혼 등 스물여섯 가지 주제에 따라 알 무스타파가 들려주는 이야기를 시적으로 엮어내고 있습니다.

첫머리에서 이 시들을 노래하게 된 상황이 밝혀집니다. 먼저 알 무스타파가 등장합니다. 그는 신의 말을 전하는 예언자입니다.

이방인으로서, 오르팔리스라는 바닷가 마을에서 12년 동안 지내온 알 무스타파는 이제 고향으로 떠나려 합니다. 그가 배를 탈 곳으로 마을사람들이 몰려듭니다. 오르팔리스 주민들은 그를 '생명의 숨결을 불어넣는 사람', '신의 말씀을 듣는 사람', '지고(至高)를 추구하는 사람'이라고 불렀습니다. 사람들은 그와의 헤어짐을 아쉬워하며, 그에게 마지막으로 삶의 지혜를 가르쳐달라 청합니다. 이렇게 해서 알 무스타파가 사람들의 질문에 답하는 형식으로 스물여섯 가지 주제의 심오한 이야기들이 펼쳐집니다.

여기서는 특히 사랑, 감사, 협동 등이 그 중심을 이룹니다. 알 무스타파는 자유롭고 즐거운 삶을 살라는 교훈을 내립니다. 해넘이 하늘이 붉게 물들자 마지막으로 그는 말합니다.

"잊지 마라. 나는 반드시 돌아올 것이다. 나의 동경하는 마음은 또다시 다른 육체를 찾아 먼지와 거품을 모으리라. 바람에 실려 좀 쉬고 나면 또다시 다른 여인이 나를 낳으리라."

알 무스타파는 칼릴 지브란 자신을 모델로 한 것으로 알려져 있습니다. 또한, 알 무스타파에게 사랑에 대해 물은 점술가 알 미트라는 그가 사랑했던 여인 메리 해스켈을 모델로 삼았다고 합니다.

슬픔과 고난을 넘어선 진리와 사랑의 목소리

칼릴 지브란의 또 다른 아름다운 작품 《현자의 목소리》는 세상의 억압과 탄압에 고통 받으면서도 이에 굴하지 않고 불의를 고발하고 진리를 전하는 데 평생을 바친 현자가 이제 죽음에 이르러 제자에게 주는 일생의 고백이자, 지혜의 가르침입니다. 현자는 말합니다.

"아름다움을 그대 종교로 삼으라. 그녀를 신으로 숭배하라. 아름다움이야말로 우리가 눈으로 볼 수 있는 명백하고 완전한 하느님의 수공품이기 때문이다. 그대는 하느님의 신성을 마치 가짜인 듯 여겨 탐욕과 오만에 차서 희롱하는 사람들을 떠나라. 대신 아름다움의 신성을 숭배하라. 그것은 곧 그대 삶에 대한 숭배요, 그대가 굶주린 행복의 원천이기 때문이다."

현자에게 있어 아름다움이란 차라리 이 세상 자체, 생명 자체입니다. 모든 생명은 신의 숨결을 부여받은 신성한 존재이기 때문입니다. 현자는 온갖 슬픔과 고난을 넘어선 침묵의 영역, 진리와 사랑으로 충일한 단일성의 세상을 바라봅니다. 그로부터 삶에 대한 절대적인 긍정이, 신의 손길을 기다리는 현의 침묵과 같은 내면의 아름다움이 태어납니다. 결국 《현자의 목소리》는 한 지극한 영혼이 바치는 생에 대한 찬미이자 내밀한 신앙고백인 셈입니다.

시적인 표현과 서양 종교관이 밑바탕에 깔려 있기에 어쩌면 《예언자》《현자의 목소리》가 추상적이고 이해하기 어렵게 다가올 수도 있습니다. 하지만 상상력을 발휘하여 천천히 음미하듯 읽어보시길 바랍니다. 내가 우리말로 옮기면서 그러했듯, 인생의 심오한 뜻과 순간순간 마주치는 황금과도 같은 특별한 감동을 얻게 될 것입니다.

칼릴 지브란에 대해 이야기하겠습니다

칼릴 지브란은 1883년 12월 6일 레바논 북부의 비샤리에서 태어났습니다. 레바논은 시리아·팔레스타인과 함께 오늘날 터키의 전신인 오스만제국의 지배를 받고 있었습니다. 19세기 오스만은 마론파 그리스도교와 이슬람교 사람들 사이의 적대감을 부추겼습니다. 1860년에는 오스만제국이 레바논 인근 산악 지역의 드루즈파 이슬람교도들을 선동하여 마론파 교도 1만 6천 명을 학살했습니다. 지브란의 고향 사람들은 산속으로 피난했습니다. 지브란과 이름이 같은 아버지도 피신한 덕분에 화를 면했지만, 어른들이 들려준 대학살 이야기는 어린 지브란의 가슴속에 깊이 무겁게 새겨졌습니다.

지브란의 아버지는 세금을 거두는 일을 했지만 술을 좋아하는 노름꾼이었습니다. 어머니 카밀레는 원시 그리스도교를 이어받은 마론파 사제의 딸로서, 첫 번째 결혼에서 얻은 부트로스라는 아들이 있었습니다. 부트로스는 지브란보다 여섯 살 위이며, 지브란은 어머니가 재혼 뒤에 낳은 첫아이였습니다. 이어서 여동생 마리아나와 술타나가 태어났습니다. 지브란은 어머니를 닮아 똑똑하고 훌륭한 마론파 신도로 자랐습니다. 마론파는 주로 레바논에 살며 아랍어로 된 마론 전례를 쓰는 교회의 한 분파로서, 로마가톨릭 교회와 정식적인 교류관계를 맺고 있었습니다.

지브란은 학교에 다니지 않았지만 집을 드나드는 성직자들에게서 영어와 프랑스어, 아랍어를 배웠습니다. 그리고 일찍이 그림에 재능을 보였습니다.

지브란이 열한 살 때, 가족들은 아버지만 남겨둔 채 미국으로 이주했습니다. 미국에 도착한 지브란의 가족은 보스턴의 차이나타운 근처 아랍인들이 모여 사는 마을에 자리잡았습니다. 가족은 모두 돈벌이에 나섰습니다. 어머니는 재봉사로 일하고, 형은 채소 가게를 운영하며 생계를 꾸렸습니다. 지브란은 그곳 학교에 들어가 영어를 배웠습니다. 1884년 지브란은 레바논 베이루트에 있는 알 하크마 학교로 유학하여, 프랑스 낭만주의 예술과 아랍 문학을 공부했습니다.

내성적인 지브란에게서 예술적 재능을 발견한 교사들은 그를 출판업자이자 아방가르드 예술가인 프레드 홀랜드 데이에게 소개했습니다. 지브란은 그 무렵 사진의 예술성에 관심을 갖고 실험 중이던 홀랜드 데이의 모델이 되었습니다. 이로써 질식할 듯한 힘겨운 현실에서 돌파구를 찾아냈습니다.

홀랜드 데이는 사진뿐 아니라 그리스 신화, 고전 및 현대문학 등을 소개하면서 자기만의 표현 방법을 찾도록 지브란을 자극했습니다. 이에 힘입은 지브란은 그림에 온 힘을 기울였고, 1898년에는 그가 그린 그림이 책 표지에 쓰이면서 그의 예술적 재능이 사람들에게 알려지기 시작했습니다.

1902년 지브란은 미국으로 돌아갔습니다. 하지만 그가 집에 이르기 전에 둘째여동생 술타나가 결핵으로 세상을 떠났습니다. 다음해에 형 부트로스가 여동생과 같은 병으로 죽고 어머니마저 암으로 세상을 떠났습니다. 지브란은 여동생 마리아나와 단둘이 남겨졌습니다. 커다란 슬픔에 빠진 지브란은 채소

가게를 팔아버리고 화가로 돈을 벌어서 여동생과 살았습니다.

그는 자신의 첫 그림 전시회에서 학교 선생으로 일하는 메리 해스켈을 만나게 됩니다. 해스켈은 지브란을 후원하고 공동제작자로서 지브란을 도왔습니다. 화가로서의 명성이 쌓이자 지브란은 영어와 아랍어로 신문이나 책에 글을 쓰게 되었습니다. 그 대부분이 정부와 교회를 비판하는 내용이라 1908년 산문시에 담긴 사상 문제로 정부로부터 추방되고 교회에서 파문당했습니다. 지브란은 프랑스로 날아가 해스켈의 경제적인 후원을 받으며 파리에 있는 미술학교에서 공부했습니다. 그곳에서 오귀스트 로댕을 만나 그림을 지도받으며 많은 영향을 받았습니다. 지브란은 1910년 파리에서 개인전을 열기도 했습니다.

그 뒤 보스턴으로 돌아온 지브란은 해스켈에게 청혼하지만 거절당하고 뉴욕으로 갔습니다. 지브란은 뉴욕의 아랍어 신문 〈알 무하지르〉(이민자)에 칼럼을 연재하기 시작했습니다. 연재하는 동안 아랍 이민 작가인 아민 리하니가 지브란을 찬양하는 글을 신문에 실었습니다.

이 글에서 그는 아랍 출신의 다른 작가들이 돈벌이를 위해 전통 작가들을 본뜨기만 한다며 비난했습니다. 그 무렵 칼릴 지브란이 아랍어로 쓴 시와 글은 풍자와 독설, 사실적인 표현, 이민자들의 불행한 모습을 담은 반종교적인 분위기를 띠고 있었습니다. 이런 모든 면모가 형식적이고 전통적인 아랍 문학과는 대조적이었습니다.

이 일을 계기로 아민 리하니는 지브란의 절친한 친구가 되고, 나중에는 아랍인 가운데 최초로 영어로 시와 소설을 씀으로써 지브란에게 커다란 자극제가 되었습니다. 또한 지브란은 초상화가로 일하며 해마다 개인전을 열고, 계속 시와 글을 써 나갔습니다. 화가와 문필가로서 그의 명성은 꽃을 피우지만 건강이 차츰 나빠지기 시작했습니다. 그는 때때로 개방적인 교회 집회에 초대를 받기도 했습니다.

1923년 칼릴 지브란이 영문으로 쓴 《예언자》가 출판되었습니다. 크나큰 호평을 받고, 한 달 만에 1만 3천 부가 팔렸습니다. 지브란은 이 책의 중요성을 알고 있었습니다. 그 스스로도 《예언자》를 '내 영혼이 생각해낸 최고의 작품'이라 말했습니다.

메리 해스켈도 열광적으로 찬양했습니다.

"이 책은 영문학의 보물로 길이 남을 것이다. 시대를 거쳐도 빛바래지 않고, 시간이 흘러 인간이 성숙할수록 이 책은 더욱 가치를 인정받으리라."

1925년 가을, 지브란은 《예언자》에 감동하여 팬이 된 작가 지망생 바바라 영을 비서로 받아들였습니다. 그녀는 지브란이 세상을 떠날 때까지 7년간 곁에서 비서이자 친구로, 그를 숭배하는 사람으로 머물렀습니다. 뒤에 바바리 영은 칼릴 지브란에 대한 경외심을 담은 회고록 《레바논에서 온 이 사람 This Man from Lebanon》을 썼습니다.

지브란은 《예언자》에 이어지는 두 작품을 더 쓸 계획이었습니다. 하지만 건강 상태가 악화되고 또 《사람의 아들 예수》를 집필하느라, 결국 제2권 《예언자의 정원 The Garden of the Prophet》과 제3권 《예언자의 죽음 The Death of the Prophet》은 쓰지 못했습니다.

1926년에는 비유와 잠언을 모은 《모래와 물거품 Sand and Foam》이 출간되었습니다. 이어 지브란은 예수에 대한 책을 구상하기 시작하고, 그 결실인 《사람의 아들 예수 Jesus, the Son of Man》를 1928년 10월에 출간합니다.

'지브란이 쓴 복음서'라 평하는 목사가 있을 정도로 이 작품은 큰 성공을 거두지만 지브란의 건강 상태는 더욱더 나빠졌습니다. 온몸의 뼈 마디마다 안 아픈 데가 없을 정도였던 그는 간 비대증이 암으로 진전될 수 있는 상태라는 의사들의 경고를 무시하고 술로 고통을 달래며 창작에 몰두했습니다.

그렇게 《예언자의 정원》 집필을 강행했지만 결국 작품을 마무리하지 못하고, 대신 1911년부터 쓰기 시작한 원고 《대지의 신들 The Earth Gods》을 완성했습니다. 사랑에 빠지는 두 젊은이를 지켜보는 세 신의 이야기를 담은 이 책은 1931년 그가 죽기 3주 전에 출간됩니다.

그러는 동안 지브란은 《방랑자 The Wanderer》의 원고를 준비했습니다. 그가 죽은 다음 해인 1932년에 출간된 이 작품에서 그는 부조리한 세상을 신랄하게 풍자하고, 그럼에도 모든 것들이 잘 돌아가고 있다는 내용으로 끝을 맺습니다.

1931년 4월 10일 금요일 밤, 지브란은 48세의 나이로 뉴욕의 성 빈센트병원에서 동생 마리아나와 몇몇 친지들이 지켜보는 가운데 숨을 거둡니다. 간경화와 한쪽 폐의 결핵 초기 증세 때문이었습니다.

칼릴 지브란의 시신은 뉴욕에서 이틀 동안 미국인 아랍인을 비롯한 수많은 조문객들을 맞이한 뒤 보스턴에 임시로 안장됐다가, 마침내 7월 그토록 그리워한 고향길에 오릅니다.

레바논 사람들은 지브란의 귀향을 전례 없는 찬사와 긍지로 맞았습니다. 그들은 역사상 누구에게도 그런 경의를 표한 적이 없다고 합니다. 각계각층의 많은 사람들이 사회, 정치, 종

교적 차이를 모두 잊고 장례식에 모여들었습니다. 레바논뿐
아니라, 국경 밖 시리아에서도 수많은 사람들이 찾아와 그의
죽음을 애도했습니다. 베이루트에서 트리폴리까지, 트리폴리
에서 다시 그의 고향 비샤리에 이르기까지 그의 영구가 이르
는 곳마다 젊은이들은 칼춤을 추고 아가씨들은 가슴을 치며
죽음을 슬퍼하는 노래를 읊었습니다.

그 행렬이 시리아의 여신 아스타르테의 성역에 이르르자 하
얀옷을 입은 수많은 아가씨들이 길에 장미꽃을 뿌리며 '아름
다운 신랑'의 귀향을 맞았습니다.

1932년 1월, 마침내 칼릴 지브란은 마리아나와 메리 해스켈
이 그의 안식을 위해 마련한 마르 사르키스 수도원에 몸을 누
였습니다.

칼릴 지브란 자신이 직접 써둔 묘비명은 이렇습니다.

"나는 당신처럼 살아 있습니다.
나는 당신 곁에 서 있습니다.
눈을 감아 보십시오."

The Prophet
예언자

배가 오다

The Coming of the Ship

만물을 부르는 바다가 나를 부르고 있다. 자, 이제 그만 배
에 올라야 한다.

알 무스타파, 선택받고 사랑받았으며 시대의 새벽을 여는 한 줄기 빛이었던 이. 그는 자신을 태우고 고향으로 돌아갈 배를 머나먼 오르팔리스에서 열두 해나 기다리고 있었다.

이윽고 열두 번째 해 수확의 달인 이엘룰(Ielool) 초이렛날, 그는 도시 성벽을 나와 언덕에 올라 아득히 먼 바다를 바라보았다. 그때 그는 보았다. 푸른 안개를 휘감은 채 자신을 데리러 다가오는 배를.

그의 마음의 문이 활짝 열리고, 기쁨이 넘치고 넘쳐 바다 저편으로 흘러갔다. 그는 눈을 감고, 영혼의 고요함 속에서 기도를 올렸다.

하지만 언덕을 내려올 무렵에는 슬픔이 밀려오기 시작했다. 그는 생각에 잠겨 중얼거렸다.

슬픔에 잠기지 않고 이대로 평온하게 이곳을 떠날 수 있을까? 아니, 영혼에 상처를 남기지 않고서는 결코 이 도시를 떠날 수 없으리라.

이 성벽 안에서 보낸 고통스러운 나날과 고독한 밤들이 너무나 길었다. 그 누가 이 고통과 고독에 후회를 남기지 않고 이별을 말할 수 있으랴?

내 영혼은 헤아릴 수 없을 만큼 무수한 조각이 되어 온 마을에 흩뿌려져 있다. 이 언덕 저 언덕을 벌거숭이 몸으로 헤매고 다니는 사랑스러운 아이들을 아무런 근심이나 고통 없이 떠나갈 수 있을 리가 없지 않은가.

오늘 내가 벗어버리고 가는 것은 한낱 옷이 아니라 이 살갗이다. 바로 내 손으로 찢어낸 살갗인 것이다.

또한 내가 남기고 가는 것은 단순한 사상 따위가 아니다.

굶주림과 목마름으로 더욱 감미로워진 내 심장이다.

하지만 이제 더 머물 수는 없다. 만물을 부르는 바다가 나를 부르고 있다. 자, 이제 그만 배에 올라야 한다.

밤이 아무리 뜨겁게 불타오른다 해도 이대로 머무르면 꽁꽁 얼어붙고 말리라. 마침내 틀에 박히게 되리니.

아아, 이 섬에 있는 것을 다 가져갈 수 있다면 얼마나 좋으랴. 허나 어떻게 해야 그럴 수 있단 말인가.

목소리는 나에게 날개를 달아준 혀와 입술을 데려가지 못한다. 다만 홀로 외로이 창공을 날아가야 한다.

둥지 없는 독수리도 홀로 태양을 지나 날아가니까.

산기슭에 이르렀을 때 그는 다시 한 번 바다를 돌아보았다. 배가 항구에 닿는 것이 보였다. 뱃머리에 선원들이 보였다. 그의 고향 사람들이었다.

알 무스타파의 영혼이 그들을 향해 소리쳤다. 내 소중한 어머니의 아들들이여, 거센 물살을 헤치고 내게로 온 자들이여!

지금껏 그대들이 바다를 가르고 오는 모습을 꿈에서 얼마나 많이 보았던가! 이제 눈을 뜨니 비로소 이렇게 만나는구나. 어쩌면 이것이 더 깊은 꿈은 아닐는지.

자, 떠날 채비는 끝났다. 오랜 갈망은 돛을 활짝 펼친 채 바람이 불어오기만을 기다린다.

이제 단 한 번 이 고요한 대기를 숨쉬고, 단 한 번 뒤돌아 사랑스런 눈길을 던지면 되리라. 그러면 나는 가서 그대들 가운데에 서리라. 한 사람의 뱃사람이 되리라.

오오! 아득히 넓은 바다, 영원히 잠들지 않는 어머니여!

배가 오다

시냇물에게 평화와 자유는 오직 당신.

이 시냇물이 한 번만 더 굽이치면, 이 나무 그늘에서 한 번만 더 속삭이면 나는 당신 품으로 뛰어들 수 있습니다. 한없이 넓은 바다로, 한없이 작은 물방울이 되어.

천천히 걸음을 옮기자니, 저만큼에서 사람들이 들판과 포도밭을 떠나 마을로 서둘러 가는 것이 보였다.

그들은 알 무스타파의 이름을 입을 모아 부르고 있었다. 밭에서 밭으로 옮겨가며, 그를 데리러 온 배가 도착했음을 소리 높여 알리고 있었다.

그는 혼자 중얼거렸다.

이별의 날이 만남의 날이 될 수 있을까?

나의 밤이 실은 나의 새벽이었다고 할 수 있을까?

밭고랑에 쟁기를 내던지고 온 이들과 포도를 짜던 손을 멈추고 찾아온 이에게 내가 무엇을 줄 수 있단 말인가?

내 마음은 풍성한 열매를 맺는 나무가 될 수 있을까? 그 열매를 따서 저들에게 나눠줄 수 있을까?

내 소망이 샘처럼 넘쳐 저들의 잔을 채울 수 있을까?

나는 전능하신 분이 손끝으로 퉁기는 리라가 될 수 있을까? 아니면 그분이 숨결을 불어넣는 피리가 될 수 있을까?

내가 침묵을 구하는 자라면, 그 침묵 안에서 여태까지 어떤 보물을 찾았단 말인가? 진정으로 믿음을 가지고 저들에게 나누어줄 수 있는 보물을 찾았는가?

오늘이 내 수확의 날이라면, 나는 대체 어떤 잊힌 계절에 어떤 밭에 어떤 씨를 뿌렸던가?

지금이야말로 등불을 밝힐 때라면, 그 등롱 안에서 타야 할 것은 나의 불꽃이 아니다.

나는 여기 서서 덧없고 어두운 등불을 밝히리라.

그러면 밤의 파수꾼이 등잔에 기름을 채우고 심지에 불을 붙여 주리라.

지금까지 떠올린 생각들이 알 무스타파의 입을 통해 나왔다. 그러나 가슴속에는 아직 못다 한 말들이 많이 남아 있었다. 그 깊은 곳에 있는 비밀을 다 털어놓을 수 없었기 때문이다.

그가 도시로 돌아오자 사람들이 모두 그를 보러 우르르 몰려들었다. 모두들 한 목소리로 그의 이름을 외치고 있었다.

마을 장로들이 군중을 헤치고 앞으로 나와 말했다.

우리를 떠나지 마십시오.

당신은 우리의 어스름에 비치는 한낮의 태양이었습니다. 당신의 젊은 영혼은 우리를 꿈에서 꿈으로 이끌었습니다.

당신은 이방인도 손님도 아닙니다. 우리의 아들이며, 진심으로 사랑하는 사람입니다. 당신이 가신다면 우리 눈은 당신의 모습을 찾아 굶주리게 될 것입니다.

이번에는 사제들과 여사제들이 나서서 말했다.

당신과 우리 사이를 저 파도치는 바다로 갈라놓지 마세요. 우리와 함께 보낸 날들을 추억으로 만들지 말아주세요.

배가 오다

당신은 우리 사이를 오가는 영혼이요, 당신의 그림자는 우리의 얼굴을 밝히는 빛입니다.

우리는 당신을 진심으로 사랑합니다. 다만 사랑은 말을 할 줄 모르며, 그저 베일에 가려져 있지요.

하지만 이젠 큰 소리로 당신의 이름을 외치며 베일을 벗어 던지고 당신 앞에 설 것입니다. 이별의 순간이 오기 전까지 사랑은 자신의 마음이 얼마나 깊은지 깨닫지 못했답니다.

다른 사람들도 앞 다투어 나서며 저마다 간청했다. 그러나 그는 아무 대꾸도 하지 않았다. 그저 고개만 숙일 뿐. 가까이 서 있던 이들은 그의 눈물이 가슴을 적시며 떨어지는 것을 보았다.

이윽고 알 무스타파는 사람들과 함께 신전 앞 광장으로 향했다.

그들이 도착하자 웬 여인이 신전 안에서 모습을 드러냈다. 알 미트라라는 이름의 여자 예언자였다.

알 무스타파는 더없이 다정한 눈길로 그녀를 바라보았다. 그가 이 도시에 도착한 첫 번째 날, 그를 처음으로 찾아와 믿어준 사람이 바로 그녀였기 때문이다.

그녀가 그에게 인사하며 말했다. 신의 예언자여. 당신은 까마득한 세월 동안 저 먼 곳에서 당신을 데리러 배가 오기만을 애타게 기다렸습니다.

이제 기다리던 그 배가 왔으니 당신은 떠나시겠지요.

당신 기억 속 저편의 땅, 당신이 열망하는 터전, 그곳을 향한 당신의 깊은 동경을 나는 잘 압니다. 우리의 사랑과 소망으로도 당신을 붙잡거나 묶어둘 수는 없을 테죠.

다만 떠나시기 전에 부디 말씀해주세요. 당신의 진리를 저희에게 가르쳐주세요.

우리는 그 진리를 우리 아이들에게 전할 것이고, 그 아이들은 다시 자신의 아이들에게 전할 것입니다. 그리하여 진리는 영원히 잊히지 않을 것입니다.

지금껏 당신은 외로운 낮이면 우리를 지켜봐주시고, 잠 못 이루는 밤이면 우리가 잠결에 울고 웃는 소리에 귀를 기울여주셨습니다.

그러니 이제 우리 자신의 참모습을 알려주십시오. 삶과 죽음 사이에 존재하는 모든 일들, 당신이 받으신 모든 계시를 들려주십시오.

알 무스타파가 대답했다.

오르팔리스 사람들이여! 모든 것은 지금 이 순간에도 그대들의 영혼 속을 떠돌고 있거늘 내가 무슨 말을 더 할 수 있겠습니까?

배가 오다

사랑에 대하여
Love

사랑은 소유하지 아니하며, 소유당하지도 않습니다.
사랑은 사랑만으로 충분하기 때문입니다.

알 미트라가 입을 열었다. 사랑에 대하여 말씀해주십시오.

알 무스타파가 고개를 들어 사람들을 둘러보자 정적이 감돌았다. 마침내 그의 목소리가 깊은 울림을 시작했다.

사랑이 당신을 부르거든 거기에 따르십시오. 그 길이 험하고 가파를지라도.

사랑의 날개가 당신을 감싸거든 거기에 몸을 내맡기십시오.

그 날개에 숨겨진 칼날이 당신을 상처 입힐지라도.

사랑이 당신에게 말을 걸거든 그 말을 믿으십시오.

마당을 휘젓는 북풍처럼 그 목소리가 당신의 꿈을 부숴놓을지라도. 사랑은 당신에게 면류관을 씌우지만, 당신을 십자가에 못 박아 고통을 주기도 합니다. 사랑은 당신을 성숙케 하지만, 한편으로 그 가지와 잎을 쳐서 거두어들입니다.

사랑은 당신의 꼭대기에 올라가 햇살 속에 흔들리는 여린 가지를 부드럽게 어루만지면서, 동시에 그 둥치로 내려와 대지에 박힌 뿌리를 마구 흔들어대는 법입니다.

사랑은 당신을 보릿단처럼 거둬들입니다.

사랑은 당신을 두들기고 흔들어 벌거벗깁니다.

사랑은 당신을 체로 쳐서 껍질을 골라냅니다.

사랑은 당신을 빻아서 흰 가루로 만듭니다.

사랑은 당신을 반죽하여 부드럽게 만듭니다.

그런 다음 사랑은 당신을 신성한 불 속에 던져 넣습니다. 그러면 당신은 거룩한 빵이 되어, 신성한 신의 잔칫상에 오르는 것입니다.

이 모든 것은 사랑이 가져다주는 경험입니다. 이 경험을 되풀이함으로써 당신은 마음속 비밀을 깨닫게 될 것이고, 그 깨달음과 함께 생명의 마음 한 조각이 될 것입니다.

그러나 그러기가 두려워 사랑의 평안함과 기쁨만을 찾고자 한다면, 차라리 벌거숭이 몸을 가리고서 사랑의 탈곡장에서 나가는 편이 좋을 것입니다. 이르를 곳은 사계절이 없는 세상일지니, 그곳에서는 웃어도 진심으로 웃을 수 없으며, 슬퍼도 진심으로 눈물을 흘릴 수 없습니다.

사랑은 저 자신 말고는 아무것도 주지 않으며, 저 자신 말고는 아무것도 받지 않습니다.
사랑은 소유하지 아니하며, 소유당하지도 않습니다.
사랑은 사랑만으로 충만하기 때문입니다.
사랑할 때 '신이 내 마음속에 계시다' 말하지 마십시오. 그보다는 '나는 신의 마음속에 있다' 말하십시오.
사랑을 인도할 수 있다고 생각지 마십시오. 사랑이 당신을 가치 있는 사람으로 여길 때 그 길잡이가 되어줄 것입니다.
사랑이 원하는 것은 오직 하나. 바로 사랑 스스로를 만족시키는 일입니다.
그러나 당신이 사랑을 할 때 사랑뿐 아니라 다른 욕망이 생겨나거든 이렇게 바라십시오.
녹아서 시냇물처럼 졸졸졸 노래하며 밤으로 흘러가게 되기를.
넘치도록 사랑하는 고통에 대하여 알게 되기를.
스스로 깨달은 사랑에 상처받기를.
그리고 스스로 기꺼이 피를 흘리게 되기를.

사랑에 대하여

새벽과 더불어 설레는 마음으로 눈뜨고, 사랑이 넘치는 새 날에 감사하게 되기를.

한낮에는 평화로이 쉬면서 황홀한 사랑을 음미하게 되기를.

해질녘이면 감사한 마음을 가득 안고 집으로 돌아오게 되기를.

그리하여 마음으로는 사랑하는 사람을 위해 기도하고, 입술로는 찬미의 노래를 부르며 잠들게 되기를.

결혼에 대하여
Marriage

서로 사랑하되, 그 사랑이 족쇄가 되어서는 안 됩니다.
마음을 주고받되, 모두 내맡기지는 마십시오.

결혼에 대하어

알 미트라가 다시 입을 열어 말했다. 스승이시여, 그러면 결혼이란 무엇입니까?

알 무스타파가 이렇게 대답했다.

부부는 함께 태어났으니, 영원히 함께 할 것입니다.

함께 지내온 나날을 죽음의 하얀 날개가 흩어놓을지라도.

그렇습니다, 신의 말없는 기억 속에서조차 그대들은 언제나 함께입니다.

그러나 그런 둘 사이에도 공간을 두십시오.

그리하여 하늘에서 불어오는 바람이 춤추게 하십시오.

서로 사랑하되, 그 사랑이 족쇄가 되어서는 안 됩니다.

두 영혼의 기슭에 출렁이는 바다를 두십시오.

서로의 잔에 포도주를 채우되, 어느 한쪽 잔을 먼저 비우지 않도록 하십시오.

서로 빵을 나누되, 어느 한쪽 빵만 먹어서는 안 됩니다.

함께 노래하고, 함께 춤추며, 더불어 즐거워하십시오. 하지만 서로를 홀로 있게 놔두는 것도 중요합니다.

같은 음악을 연주할지라도 저 혼자는 따로 떼어진 류트 줄처럼.

마음을 주고받되, 모두 내맡기지는 마십시오.

그대 마음을 단단히 감싸줄 수 있는 것은 오로지 생명의 손길이기 때문입니다.

나란히 서되, 너무 가까이 다가서지는 마십시오.

신전 기둥도 따로 떨어져 서 있으며, 참나무와 삼나무도 서로의 그늘에 가리면 자라날 수 없는 법입니다.

아이들에 대하여
Children

당신이 낳은 아이는 당신의 아이가 아닙니다.
당신과 함께 있지만 당신 것이 아닙니다.

아이들에 대하여

아기를 품에 안은 여인이 말했다. 아이들에 대해 말씀해주십시오.

알 무스타파가 대답했다.

당신이 낳은 아이는 당신의 아이가 아닙니다.

스스로를 지키는 것, 그것이 생명의 소망입니다. 그 소망에서 태어난 아들과 딸이 당신의 자식입니다.

자식이란 당신을 통해 태어났지만 당신에게서 온 것이 아니며, 당신과 함께 있지만 당신 것이 아닙니다.

아이들에게 사랑을 쏟으십시오. 그렇지만 생각을 강요하지는 마십시오.

아이에게는 아이 나름의 생각이 있기 때문입니다.

집 안에 아이들의 몸을 살게 할 순 있으나, 아이들의 영혼을 살게 할 수는 없습니다. 아이들의 영혼은 내일이라는 집에 살고 있기 때문입니다. 당신은 꿈속이라 할지라도 그 집에 들어갈 수 없습니다.

아이들을 닮으려 애써도 좋지만, 아이들을 당신처럼 만들려고 하지는 마십시오. 우리 삶은 과거로 돌아가지도, 어제에 머물러 있지도 않기 때문입니다.

당신은 활입니다. 아이라는 살아 있는 화살은 당신을 떠나 미래를 향해 날아갑니다. 궁수는 끝없이 펼쳐진 길 끝을 겨냥하여 힘차게 당신을 구부립니다. 화살이 더 빠르고 더 멀리 날아가도록 하려는 것입니다.

몸이 궁수의 손에 구부러지는 것을 기뻐하십시오.

궁수는 날아가는 화살도, 아직 손에 머물러 있는 활도 똑같이 사랑하니까요.

예언자

54

베푸는 일에 대하여
Giving

그대가 가진 것은 모두 언젠가는 내주어야 할 것들입니다.
그러니 지금 스스로 내주십시오.

이번에는 한 부자가 말했다. 남에게 베푸는 일에 대해 말씀해주십시오.

알 무스타파가 대답했다.

가진 것을 베푼다 해도 결국 베풀 수 있는 것은 얼마 되지 않습니다.

자기 자신을 베푸는 것이야말로 진정한 베풂입니다.

당신이 가진 것이란 모두 내일이 되면 필요해질지 모른다는 불안에 쌓아두고 있는 것뿐입니다.

지나치게 조심성 많은 개에게 내일이 대체 무슨 의미일까요? 오늘은 흔적도 남지 않도록 모래 속에 여기저기 뼈를 묻어두어도 내일이 되면 순례자를 따라 성지로 가야 하는데 말입니다.

가난을 두려워하는 마음이야말로 가난하다는 증거 아니겠습니까?

흘러넘치는 우물을 두고도 목마름을 두려워한다면 그 갈증은 결코 채워지지 않을 것입니다.

가진 것은 많으나 좀처럼 베풀지 않는 사람들이 있습니다. 그나마도 남들이 알아주기를 바라는 마음에서 베푸는 것이지요. 그런 은밀한 욕망은 선물마저 해롭게 만듭니다.

반면 가진 것은 거의 없으나 그 모두를 베푸는 사람들도 있습니다.

삶의 의미와 자비로움을 믿기에 그들의 주머니는 결코 비는 일이 없습니다.

또한 기쁜 마음으로 베푸는 사람들이 있습니다. 그들에게는 그 기쁨이 곧 보상입니다.

하지만 베풂이 고통인 사람들도 있으니, 그들에게는 그야말로 시련입니다.

고통을 전혀 느끼지 않고, 기쁨을 구하지도 않으며, 덕행을 쌓는다는 의식 없이 그저 베푸는 사람들도 있습니다.

그들은 저 너머 골짜기에 핀 은매화가 주위에 향기를 퍼트리듯이 베풉니다.

신께서는 그러한 이들의 손을 통해 말씀하시고, 그들의 눈을 통해 이 땅에 미소를 보내십니다.

부탁을 받고 베푸는 것도 좋지만 부탁을 받지 않고도 먼저 그 사정을 헤아려 베풀 수 있다면 더욱 좋은 일입니다.

아낌없이 베푸는 이에게는 받을 상대를 찾는 일이 베푸는 행위보다 큰 기쁨입니다.

그런데도 손에 쥔 채 놓지 못하는 것들이 있습니까?

그대가 가진 것은 모두 언젠가는 내주어야 할 것들입니다.

그러니 지금 스스로 내주십시오. 베풀 수 있는 절호의 기회가 그대 곁에 찾아왔으니, 그 기회가 자손의 것이 되지 않도록 하십시오.

흔히 "베풀 마음은 있으나, 그럴 가치가 있는 사람에게만 베풀리라" 말하는 사람들이 있습니다.

그러나 그대들 과수원의 나무들과 목장의 양떼는 결코 그런 말을 하지 않습니다.

그들에겐 베푸는 일이야말로 살아가는 길이며, 제 손에 움켜쥐는 일이야말로 멸망으로 가는 지름길입니다.

베푸는 일에 대하여

낮과 밤을 맞이할 가치가 있는 사람이라면 다른 모든 것들도 당신에게서 받을 만한 가치가 있습니다.

인생의 바다에서 물을 떠 마셔도 되는 사람이라면 당신의 개울물로 잔을 채우기에도 부족함이 없습니다.

베풂을 받는 용기와 신뢰, 아니 베풂을 받는다는 자선보다 훌륭한 미덕이 어디 있겠습니까?

대체 당신은 누구이기에 사람들 마음을 갈기갈기 찢고 그 안을 내보이게 만드십니까? 그럼으로써 남들의 벌거벗은 가치에 점수를 매기고서도 그들의 자존심을 짓밟은 일이 없다고 말하시렵니까?

잘 돌이켜보십시오. 먼저 여러분 자신이 베풀기에 알맞은 사람인지, 그만한 그릇을 가지고 있는지를.

우리에게 삶을 주는 것은 삶 자체입니다. 스스로 베푸는 사람이라고 착각하는 당신은 그저 입회인에 불과합니다.

그리고 그대들, 받는 이들이여! 무릇 인간은 남이 베푸는 것을 받는 존재입니다. 그러니 받은 것을 부담스러워 마십시오. 그것은 그대 자신은 물론 베푸는 이에게도 멍에를 씌우는 일입니다.

그보다는 베푸는 이와 함께 그에게서 받은 선물을 날개 삼아 날아오르십시오.

받은 것을 빚으로만 생각하는 것은 베푼 이의 마음을 의심하는 것입니다. 그의 어머니는 아낌없이 베푸는 대지이며, 그의 아버지는 하나님입니다.

먹고 마시는 일에 대하여
Eating and Drinking

그대들은 먹기 위해 살생을 해야 하고, 목마름을 달래기 위해 갓 태어난 송아지에게서 어미젖을 빼앗아야 합니다.
그러니 그 모든 행위를 예배의 의식으로 삼으십시오.
그대들의 도마를 제단으로 삼으십시오.

먹고 마시는 일에 대하여

여관 주인인 노인이 말했다. 먹고 마시는 일에 대해 말씀해 주십시오.

알 무스타파가 대답했다.

대지의 향기를 식량으로 살아가고, 기생식물처럼 태양 빛만으로 살아갈 수 있다면 얼마나 좋겠습니까?

하지만 그대들은 먹기 위해 살생을 해야 하고, 목마름을 달래기 위해 갓 태어난 송아지에게서 어미젖을 빼앗아야 합니다. 그러니 그 모든 행위를 예배의 의식으로 삼으십시오.

그대들의 도마를 제단으로 삼고, 들과 숲의 순결한 것들이 인간 내면에 있는 더 순결한 것들을 위해 그곳에서 희생하게 하십시오.

산짐승을 죽일 때는 마음속으로 이렇게 말하십시오.

"너를 도살하는 힘에 나 또한 도살되어 먹히리라.

너를 나의 손아귀로 인도한 법칙이 더 힘센 손아귀로 나를 인도하리라.

너의 피와 내 피는 하늘나라의 나무를 키우는 수액에 지나지 않도다."

이로 사과를 깨물 때는 마음속으로 이렇게 말하십시오.

"네 씨앗은 내 몸속에서 계속 살리라.

내일 돋아날 싹은 내 마음속에서 꽃을 피우리라.

너의 향기는 내 숨결이 될 것이고, 우리는 함께 온 계절을 누리리라."

가을날 그대들의 포도밭에서 포도송이를 거두어들여 포도즙을 짤 때는 마음속으로 이렇게 말하십시오.

"나 또한 포도밭이니, 나의 열매 또한 거두어져 즙이 짜이리라. 그러면 새 포도주처럼 나도 영원히 항아리 안에 담기게 되리라."

겨울이 되어 그 포도주를 마실 때가 오면, 그 한 잔 한 잔을 위해 마음으로 노래를 바치십시오.

가을날 포도밭에서 포도주를 빚던 추억이 모두 되살아날 노래를.

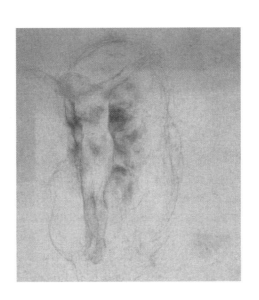

노동에 대하여

Work

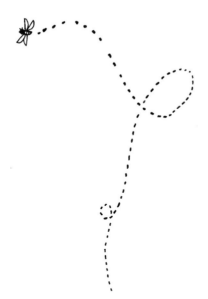

열심히 일하면 인생을 사랑할 수 있습니다.
노동을 통해 삶을 사랑하는 것은 삶의 가장 은밀한 비밀에
다가가는 일이기도 합니다.

한 농부가 말했다. 이번에는 노동에 대해 말씀해주십시오.
알 무스타파가 대답했다.

사람은 일을 함으로써 대지와 그 대지의 영혼에 보조를 맞추어 갑니다.
게으름을 피우다보면 세월에게 이방인 취급을 당하게 되며, 결국 인생행로에서도 벗어나게 됩니다. 그러면 무궁함을 향해 위풍당당하게 나아갈 수 없게 되지요.

땀 흘려 일할 때 그대는 한 자루 피리가 되고, 그 피리를 통과하며 시간의 속삭임은 음악으로 바뀝니다.
모두가 어울려 하나의 소리로 노래할 때 소리 없는 갈대가 되려 하는 사람은 누구입니까?

그대는 지금껏 노동은 천벌이요, 재난이라는 말을 들어왔습니다.
하지만 나라면 이렇게 말하겠습니다. 그대가 일을 하면 대지의 아득한 꿈이 한 가지 이루어지는 것이라고. 대지의 꿈은 태어나는 순간부터 그대의 몫으로 정해져 있는 법.
열심히 일해서 일용할 양식을 얻었을 때 비로소 자신의 인생을 사랑할 수 있습니다. 노동을 통해 삶을 사랑하는 것은 삶의 가장 은밀한 비밀에 다가가는 일이기도 합니다.

하지만 그대가 노동을 고통으로 여겨 "태어난 것 자체가 재앙이다. 이 몸뚱이를 먹여 살리는 일은 내 이마에 새겨진 저주다" 말한다면 나는 이렇게 대답하겠습니다. 그대 이마에 흐르는 땀방울만이 그 저주를 말끔히 씻어줄 것이라고.

인생은 암흑이라는 말도 자주 듣습니다. 당신 자신이 지쳤을 때, 고달픈 이들이 했던 그 한탄의 말을 당신은 메아리처럼 되풀이하지요.

그러나 나라면 이렇게 말하겠습니다. 어떤 인생이든 그 인생을 휘모는 정열이 없다면 암흑입니다.

그리고 어떤 정열도 지식이 없다면 맹목적인 것이지요.

어떤 지식도 노동을 동반하지 않는다면 무익합니다.

또한 노동은 사랑이 없다면 공허한 것입니다.

사랑을 담아 일할 때만이 자기 자신과, 남과, 그리고 신과 하나가 될 수 있습니다.

그러면 사랑을 담아 일하는 것이란 무엇을 뜻할까요?

그것은 사랑하는 이에게 옷을 지어 입힐 수 있도록 그대 마음에서 자아낸 실로 옷감을 짜는 일과 같습니다.

그것은 사랑하는 이가 살 수 있도록 정성을 다해 집을 짓는 일과 같습니다.

그것은 사랑하는 이가 열매를 먹는 모습을 상상하면서 사랑으로 씨앗을 뿌리고 기쁨으로 거두어들이는 일과 같습니다.

또한 그것은 그대가 빚은 모든 것에 그대 영혼의 숨결을 불어넣어 생명을 주는 일입니다.

그리고 축복받은 모든 죽은 이가 그대 곁에서 그대를 지켜보고 있음을 깨닫는 일입니다.

그대는 잠꼬대처럼 이런 말을 중얼거리는 것을 몇 번이고 들었습니다.

노동에 대하여

"대리석에 제 영혼의 모습을 조각하는 석공은 밭을 가는 이보다 고귀하다."

또는 "무지개의 갖가지 색을 우려내어 화폭 위에 인간의 모습을 그려내는 이는 신발을 만드는 이보다 고상하다."

하지만 나는 꿈속에서가 아닌 또렷이 깨어 있는 한낮에 이렇게 말합니다. 바람은 커다란 참나무에도 하찮은 잡초에도 똑같이 다정하게 속삭이는 법.

사랑으로 바람의 목소리를 부드러운 선율로 바꿀 수 있는 사람이야말로 참으로 위대합니다.

노동이란 눈에 보이게끔 만들어진 사랑입니다. 사랑의 손길로 일하지 못하고 싫은 일을 억지로 할 바에는 차라리 일손을 놓고 신전 문 앞에 앉아, 기쁜 마음으로 일하는 이들에게 구걸이나 하는 편이 낫습니다.

정성을 담지 않고 빵을 대충 굽는다면 쓴 빵을 얻게 될 것이요, 그 빵은 우리의 주린 배를 절반도 채워주지 못하기 때문입니다.

귀찮은 마음으로 포도를 짠다면 그 마음이 독이 되어 포도주에 고스란히 녹아들 것입니다.

당신이 천사처럼 고운 목소리로 노래하더라도 그 노래를 즐기지 않는다면 노래는 오히려 듣는 이의 귀를 먹게 하여 낮과 밤의 속삭임을 듣지 못하게 할 뿐입니다.

기쁨과 슬픔에 대하여
Joy and Sorrow

기쁨과 슬픔은 결코 따로 떼어 생각할 수 없습니다.
기쁨과 슬픔은 언제나 함께 찾아옵니다.

기쁨과 슬픔에 대하여

한 여인이 말했다. 기쁨과 슬픔에 대해 말씀해주십시오.
알 무스타파가 대답했다.

기쁨은 가면을 벗은 슬픔의 참모습입니다.
웃음이 샘솟는 우물은 눈물이 넘치는 우물이기도 합니다.
그밖에 달리 뭐라 표현할 수 있을까요?
슬픔이 당신 마음을 깊이 후벼 팔수록 그곳에 기쁨을 채워
넣을 수 있습니다.
그대가 포도주를 채우는 잔도 옹기장이의 가마 속에서 모진
뜨거움을 견뎌낸 잔 아닙니까.
그대 마음을 달래주는 류트는 본디 조각칼로 도려낸 나무
아니던가요?
기쁠 때는 자신의 가슴속 깊은 곳을 들여다보십시오. 그러
면 틀림없이 알게 될 것입니다. 예전에는 그대를 슬프게 했던
것이 지금은 기쁨을 주고 있음을.
슬플 때도 가슴속을 들여다보십시오. 그러면 깨닫게 될 것
입니다. 예전에는 그토록 큰 기쁨을 주었던 바로 그것 때문에
지금은 울고 있음을.

어떤 사람들은 "기쁨이 슬픔보다 위대하다" 말합니다. 그러
면 다른 사람이 "슬픔이야말로 위대하다" 반박합니다.
하지만 나는 이렇게 말하겠습니다. 기쁨과 슬픔은 결코 따
로 떼어 생각할 수 없습니다.
기쁨과 슬픔은 언제나 함께 찾아옵니다. 하나가 그대와 함
께 식탁에 앉아 있다면, 기억하십시오. 다른 하나는 그 시간
에 침대에서 잠들어 있음을.

그대는 기쁨과 슬픔을 매단 저울과 같습니다. 움직이지 않고 균형을 이루는 때는 텅 비어 있을 때뿐이지요.

보물을 지키는 자가 자신이 가진 금과 은의 무게를 달고자 그대를 들어 올릴 때 그대의 기쁨과 슬픔이 거기에 맞춰 오르내리는 것은 어쩔 수 없는 일입니다.

기쁨과 슬픔에 대하여

집에 대하여
Houses

집은 그대의 커다란 육체와 같으니.
그대의 집에는 꿈과 마음의 평안과 추억과 아름다움이 있습
니까?
집은 닻이 아닌 돛대로 만드십시오.

석공이 앞으로 나와 말했다. 집에 대해 말씀해주십시오.
알 무스타파가 대답했다.

마을 성벽 안에 집을 짓기보다 광야에 마음의 초가집을 지으십시오.
그대가 황혼녘에 집으로 돌아오듯이, 그대 영혼 속 외로운 방랑자에게도 돌아갈 집이 생기는 것입니다.
집은 그대의 커다란 육체와 같으니.
태양 아래서 자라고, 밤의 고요 속에서 잠듭니다. 언제나 꿈을 꾸면서. 그대의 집은 꿈꾸지 않습니까? 마을을 떠나 숲 속이나 언덕 꼭대기로 뻗어 가는 꿈을.

아아, 그대들의 집을 이 두 손에 거두어, 씨앗을 뿌리듯이 숲과 풀밭 여기저기에 뿌릴 수 있다면 얼마나 좋을까.
그러면 저 골짜기는 큰길이 되고, 초록빛 오솔길은 산책로가 될 텐데. 친구 집을 방문하기 위해 포도밭을 가로지르면 그대 옷에 대지의 향기가 배어들 텐데.
하지만 이것은 아직 먼 이야기.
그대들 조상들은 고독을 두려워하여 모든 이들을 너무도 가까이 모아 놓았습니다. 그 두려움이 사라지려면 조금 더 시간이 필요하겠지요. 그때까지 마을 성벽이 그대들의 마음과 들판을 갈라놓을 것입니다.

오르팔리스 사람들이여, 그대들 집 안에 쌓아둔 그것은 무엇입니까? 문을 걸어 잠그고 그 안에서 지키고 있는 것이 대체 무엇이란 말입니까?

집에 대하여
81

그곳에 마음의 평안이 있습니까? 그대가 본디 지닌 힘을 이끌어내 주는 잔잔한 충동이라고도 할 수 있는 마음의 평안이?

추억은 있습니까? 영혼과 영혼의 꼭대기를 이어주는 빛나는 가교와 같은 추억이?

아름다움은 있습니까? 나무와 돌로 만들어진 것에서 거룩한 산으로 그대 마음을 인도해줄 아름다움이?

그대 집에는 이런 것들이 있습니까?

혹시 안락과 그 안락을 추구하는 욕망만이 있는 것은 아닙니까? 언제나 손님으로 찾아와서는 어느새 그 집의 주인자리를 꿰차고 앉는 욕망이?

그렇습니다. 그런 욕망은 마침내 조련사가 되어 채찍과 몽둥이를 들고 그대를 쉬지 않고 부립니다.

그 손은 비단결같이 부드러우나, 그 마음은 무쇠처럼 차갑습니다.

자장가를 불러 그대를 잠재워주는 것은 침대 옆에 서서 육체의 존엄을 비웃기 위함입니다.

그대의 건전한 감성을 조롱하고, 쉬 깨지는 그릇이라도 되는 양 풀솜 속에 뉘어놓습니다.

그렇습니다. 안락함을 추구하는 욕망은 영혼의 정열을 죽이고, 만족스런 웃음을 띠며 그 장례식장에 참석하는 것입니다.

그러나 여러분, 이 우주의 자녀들이여. 휴식 속에서도 쉬지 못하는 이들이여. 욕망의 덫에 걸리거나 길들여지지 마십시오.

집은 닻이 아닌 돛대로 만들지니, 상처를 감추기 위한 화려한 덮개가 아니라 눈을 지키는 눈꺼풀이 되게 하십시오.

예언자
82

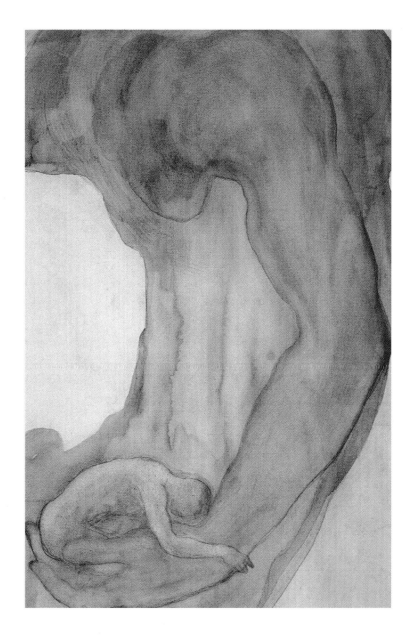

집에 대하여

문을 지나기 위해 날개를 접는 일도 없고, 천장에 부딪치지 않도록 고개를 숙이는 일도 없으며, 벽이 무너질까 두려워 숨 죽이는 일도 없기를.

죽은 자가 산 자를 위해 만든 무덤 속에서 살지 말기를.

아무리 으리으리한 집이라도 그대의 비밀과 소망을 지켜주지는 못합니다.

그대들 내면에 있는 무한한 것들은 문은 아침안개요 밤의 노래와 고요가 창문인 하늘 집에 살고 있으므로.

옷에 대하여
Clothes

옷은 그대의 추함이 아니라 오히려 아름다움을 가립니다.
지금보다 옷을 덜 입음으로써 그대들의 맨살이 태양과 바람
에 더 많이 닿게 하십시오.

옷에 대하여

옷감 짜는 사람이 말했다. 옷에 대해 말씀해주십시오.
알 무스타파가 대답했다.

옷은 그대의 추함이 아니라 오히려 아름다움을 가립니다.
그대들은 옷으로 눈에 보이지 않는 자유를 얻으려 하지만,
얻을 수 있는 것이라고는 굴레와 사슬뿐입니다.
내 그대들에게 바라노니, 지금보다 옷을 덜 입음으로써 그
대들의 맨살이 태양과 바람에 더 많이 닿게 하십시오.
생명의 숨결은 햇볕 속에 있으며, 생명의 힘은 바람 속에
있기 때문입니다.

어떤 사람은 "우리 옷을 짜준 자는 북풍이다" 말합니다. 나
역시 그것은 북풍이라고 말하겠습니다.
하지만 북풍의 베틀은 수치심이요, 그의 실은 가녀린 힘줄
이니. 옷 짜는 일을 다 마치고 북풍은 숲 속에서 싱글벙글 웃
습니다.
잊지 마십시오. 부정한 이의 눈을 가리는 방패는 신중함임
을.
그러나 부정한 이가 더는 존재하지 않을 때, 신중함은 마음
의 부패이며 족쇄입니다.
명심하십시오. 대지는 그대 맨발이 닿는 감촉에 기뻐하며,
바람은 언제나 그대 머리카락과 장난치기를 바란다는 사실을.

사고파는 일에 대하여
Buying and Selling

대지는 그대들에게 열매를 가져다줍니다.

그러나 자신의 두 손을 가득 채우고자 욕심을 부려서는 안
됩니다.

대지와 선물을 맞바꿀 때 비로소 그대들은 풍요로움과 만족
감을 얻을 것입니다.

사고파는 일에 대하여

한 장사꾼이 말했다. 사고파는 일에 대해 말씀해주십시오.
알 무스타파가 대답했다.

대지는 그대들에게 열매를 가져다줍니다. 그러나 자신의 두 손을 가득 채우고자 욕심을 부려서는 안 됩니다.
대지와 선물을 맞바꿀 때 비로소 그대들은 풍요로움과 만족감을 얻을 것입니다.
다만 사랑과 공정한 마음으로 맞바꾸십시오. 그렇지 않다면 교환은 그 사람을 탐욕으로 꾀어내어 굶주림으로 이끌 것입니다.

바다와 들과 포도밭에서 일하는 그대들은 장터에서 옷감 짜는 사람, 옹기장이, 향료 채취하는 사람들과 만날 때마다 간절히 기도하십시오. 대지를 주관하시는 신께서 그대들 곁으로 내려오시어 물건의 가치를 매기는 저울과 감정서에 거룩한 입김을 불어넣어 주시기를.
빈손으로 거래하러 오는 자들을 상대하지 마십시오. 그자들은 그대들의 노력의 결실을 감언이설로 사려는 자들입니다.
그런 자들에게 이렇게 말해주십시오.
"자, 함께 포도밭으로 갑시다. 함께 바다로 나가 그물을 던집시다.
대지와 바다는 당신들에게도 아낌없이 베풀 것입니다."

장터에 노래 부르는 자, 춤추는 자, 피리 부는 자가 와 있다면 그들의 재주를 사십시오.
그들도 열매나 유향을 거두는 자들입니다. 그들이 지닌 것

은 꿈으로 만들어진 것이기는 하나, 그대 영혼의 옷과 식량이
되어줄 것입니다.

　장터를 떠나기 전에는 빈손으로 돌아가는 이가 없는지 둘러
보십시오.
　그대들 가운데 가장 연약한 자가 원하는 것을 갖기 전에는,
대지를 주관하시는 신은 바람 위에서 평화로이 잠들지 못하시
므로.

사고파는 일에 대하여

죄와 벌에 대하여

Crime and Punishment

정의로운 자와 부정한 자, 선한 자와 악한 자 사이에
경계를 그을 수는 없습니다.
  죄인은 그 스스로가 피해자인 경우가 많습니다.

마을 재판관 한 사람이 앞으로 나와 말했다. 죄와 벌에 대해 말씀해주십시오.

알 무스타파가 대답했다.

인간은 영혼이 바람 속을 헤맬 때 외로워지고 생각이 얕아져 죄를 저지르게 됩니다. 남에게 저지른 죄는 돌고 돌아 자신에게 되돌아옵니다.

그리하여, 죄를 지은 사람은 그 죄 때문에 천국 문을 하염없이 두드리면서 기다리고 또 기다려야 합니다.

그대 안의 신적 자아는 드넓은 대양과 같으니,
결코 더럽혀지지 않습니다.
그대 안의 신적 자아는 공기와 같으니,
날개 달린 자만을 띄워 올립니다.
그대 안의 신적 자아는 태양과 같으니,
두더지가 다니는 길을 알지 못하며, 뱀 구멍도 찾으려 들지 않습니다.

그러나 그대라는 존재 안에 살고 있는 것은 이 '신적 자아'만이 아닙니다.

그대들 내면의 대부분은 아직 '인간'입니다.

그리고 나머지 부분은 아직 인간에조차 이르지 못했습니다. 그것은 아직 형체도 지니지 못한 '작은 생명체'로, 어서 눈뜨기를 바라며 잠든 채 안개 속을 헤매고 다닙니다.

이제 나는 그대들 내면에 있는 '인간'이라는 부분에 대해 말하려 합니다.

죄와 벌에 대해 아는 것은 그대 내면에 있는 신적 자아도, 안개 속을 헤매는 조그만 생명체도 아닌, 인간이기 때문입니다.

그대들은 죄를 저지른 사람에 대해 자주 이런 식으로 말합니다. 그들은 자신들과 다르며, 외계에서 침입해 들어온 이방인이라고.

그러나 나는 말하겠습니다. 그 어떤 성자나 선인도 그대들한 사람 한 사람의 내면에 숨어 있는 '고귀한 분'보다 높이 올라갈 수 없으며, 그 어떤 악인이나 약자도 그대들 내면에 사는 '가장 낮은 자'보다 낮게 떨어질 수는 없다고.

무릇 나무가 전체적인 무언의 합의 없이 잎사귀 하나만 노랗게 물들이는 일은 없습니다.

마찬가지로 사람이 죄를 저지를 때도 그 죄에는 그대들 모든 자아의 의지가 담겨 있습니다.

그대들 내부의 모든 자아는 '신적 자아'를 향해 행진하듯이 나란히 나아갑니다.

그대들은 길이며, 그 길을 가는 사람이기도 합니다.

그대들 가운데 누군가가 넘어졌다면, 그것은 바로 뒤에 오는 이들을 위해서입니다. 발에 차이는 돌부리가 있음을 알려주려는 것이지요.

물론 앞서간 이들 탓이기도 합니다. 그들의 발걸음은 빠르고 분명했을지언정 돌부리를 치워주지 않았던 것이니까요.

이 말이 그대들 마음을 무겁게 짓누르게 된다 하더라도, 나는 또 말하겠습니다.

살해된 자는 살해된 것에 대한 책임이 없지 않습니다.

도둑맞은 자는 도둑맞은 것에 대한 비난을 면할 수 없습니다.

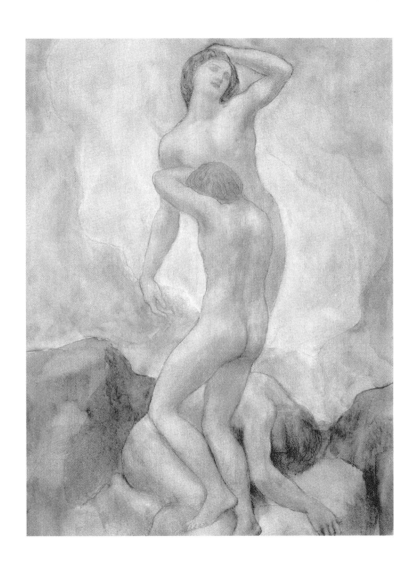

죄와 벌에 대하여

정의로운 자는 사악한 자의 행위 앞에서 완전히 결백할 수 없습니다.

무고한 자는 중죄인이 저지른 죄에 전혀 얽혀 있지 않다고 말할 수 없습니다.

그렇습니다. 죄인은 그 스스로가 피해자인 경우가 많습니다.

더욱 흔한 경우가 있습니다. 유죄를 선고받은 사람은 죄를 추궁 받지 않은 사람을 대신하여 무거운 짐을 짊어진 사람이기도 하다는 것입니다.

정의로운 자와 부정한 자, 선한 자와 악한 자 사이에 경계를 그을 수는 없습니다.

검은 실과 흰 실이 얽혀 옷감이 되듯이 그들은 모두 햇볕 아래 나란히 서 있는 자들입니다.

검은 실이 끊어지면 직공은 헝겊 전체를 살펴보고, 베틀까지도 점검해야 하는 것입니다.

부정한 아내를 심판하려는 자에게는 남편의 마음도 저울에 올려 영혼의 무게를 재어보게 하십시오.

범죄자를 채찍질하려는 자에게는 피해자의 마음속을 들여다보게 하십시오.

정의의 이름으로 벌주고자 사악한 나무에 도끼를 대는 자가 있다면 그 뿌리를 살펴보게 하십시오.

그러면 선과 악의 뿌리, 열매 맺는 것과 그렇지 못하는 것의 뿌리가 대지의 고요한 가슴속에서 하나로 뒤엉켜 있음을 알게 될 것입니다.

정의로운 심판을 내리고 싶어 하는 그대 재판관들이여! 그대들은 육체는 정직하나 정신은 도둑인 자에게 어떤 판결을 내리려 합니까?

육신은 살인자이나 정신은 살해당한 자에게 어떤 형벌을 내리려 합니까?

남을 속이고 폭력을 휘둘렀으나 실은 학대받고 모욕당한 자를 어떤 죄목으로 고소하려 하십니까?

저지른 죄보다 큰 자책감에 괴로워하는 자를 어떻게 벌하려 하십니까?

자책감이야말로 그대들이 기꺼이 따르는 진정한 법률에서 비롯한 정의가 아닐는지요?

그러나 무고한 자에게 양심의 가책을 느끼도록 요구할 수는 없거니와, 죄 지은 자의 마음에서 그 자책감을 빼앗을 수도 없습니다.

인간은 밤에 양심의 가책을 불쑥 불러놓고 잠에서 깨어나 스스로를 되돌아봅니다.

참으로 정의를 깨닫고자 한다면 환한 대낮에 모든 행동을 구별해내야 합니다.

그 순간 비로소 깨닫게 될 것입니다. 우뚝 선 자도 쓰러진 자도 다 같은 인간이며, '작은 생명체'의 밤과 '신적 자아'의 낮 사이, 그 어두침침한 틈새에 우두커니 서 있다는 것을.

그리고 신전 토대 위 주춧돌도 어느 한쪽이 높거나 낮지 않음을.

법에 대하여
Laws

사람은 큰북을 천으로 감싸 덮을 수도 있고, 리라 현을 느슨하게 풀 수도 있습니다.
　그러나 종달새에게는 그 누구도 노래하지 말라고 명령할 수 없습니다.

법에 대하여

이번에는 어느 법률가가 물었다. 선생님, 그러면 법에 대해서는 어떻게 생각하십니까?

알 무스타파가 대답했다.

그대들은 법 만들기를 참으로 좋아합니다. 그러나 그 법을 어길 때는 더욱 즐거워하지요.

바닷가에서 모래성을 쌓았다 부쉈다 하면서 즐겁게 노는 아이들같이.

그러나 그대가 모래성을 쌓는 동안 바다는 더 많은 모래를 바닷가로 실어 나릅니다.

그리고 그대가 모래성을 부수면 바다도 그대들과 함께 웃지요.

그렇습니다. 바다는 언제나 순수한 사람과 함께 웃습니다.

하지만 그 삶이 바다와 같지 못하며, 그가 만든 법률이 모래성과 같지 않은 자는 어떨까요? 삶은 바위이고 법률은 그 바위에 자신의 모습을 새기기 위한 끌이라고 말하는 자는?

춤추는 자를 질투하는 절름발이는? 숲 속 사슴들을 떠돌이 부랑자라 여기며 자신에게 씌워진 멍에에 흡족해하는 황소는? 이제는 늙어 허물을 벗지 못하고 그저 다른 뱀들에게 부끄러움도 모르는 벌거숭이라고 소리치는 뱀은?

또는 혼인 잔치에 남보다 일찍 나타나 먹다 지쳐 돌아가는 길에 "모든 잔치는 불법이며, 잔치 손님들 역시 법을 어기는 자"라고 중얼거리는 자는?

그들은 모두 햇살 아래 서 있으면서도 해를 등지고 있는 사람들입니다. 그들에게 무슨 말을 할 수 있을까요?

그들에게 보이는 것은 자신의 그림자뿐입니다. 그 그림자야 말로 그들에게는 법인 것입니다.

그들에게 태양은 그저 그림자를 만드는 존재.

법을 지킨다고는 하나 그들은 몸을 구부린 채 대지에 드리워진 자기 그림자만을 좇을 뿐입니다.

하지만 태양을 향해 걷는 사람이라면 그런 그림자에 얽매이지 않습니다.

바람과 함께 여행하는 사람이라면 풍향계가 가리키는 방향대로 가지만은 않을 것입니다.

그대가 자신에게 씌워진 멍에를 벗어던진다 한들, 그대를 가두어둘 수 있는 감옥이 없는데 그 어떤 법이 그대를 옭아맬 수 있단 말입니까?

그대가 자유롭게 춤춘다 한들 그 어떤 무시무시한 법이 그대에게 쇠사슬을 채울 수 있단 말입니까?

옷을 벗어던졌다고 해서 대체 누가 그대를 재판할 수 있단 말입니까?

오르팔리스 사람들이여! 사람은 큰북을 천으로 감싸 덮을 수도 있고, 리라 현을 느슨하게 풀 수도 있습니다. 그러나 종달새에게 그 누가 노래하지 말라고 명령할 수 있단 말입니까?

법에 대하여

자유에 대하여
Freedom

그대가 자유로워지고자 스스로 내버리려는 것은 바로 그대
자신의 일부분입니다.

한 연설가가 말했다. 자유에 대해 말씀해주십시오.
알 무스파타가 대답했다.

나는 보았습니다. 그대들이 성문 옆이나 자기 집 난롯가에 엎드려 저마다 지닌 자유를 찬미하는 모습을.
폭군 손에 죽음을 당할지라도 그 앞에 무릎을 꿇고 그를 칭송하는 노예와 꼭 같은 모습이었지요.
아아, 나는 보았습니다. 신전의 숲이나 성채 그늘에서 아주 자유로운 사람들이 그 자유를 수갑과 족쇄처럼 손발에 차고 있는 모습을.
그때 내 마음은 피를 흘렸습니다. 자유를 갈구하는 마음조차 족쇄라고 느낄 때, 자유가 종착지가 아님을 깨달을 때 비로소 인간은 진정으로 자유로울 수 있기에.

낮에 걱정하고 밤에 슬퍼할 일이 있어야만 그대는 자유로워질 수 있습니다. 인생을 둘러싼 그러한 것들을 과감히 뛰어넘을 때 마침내 있는 그대로의 모습으로 그 어느 것에도 얽매이지 않은 채 참된 자유를 맛볼 수 있는 것입니다.

그러면 어떻게 해야 그런 낮과 밤을 뛰어넘을 수 있을까요?
먼저 자신을 꽁꽁 묶고 있는 사슬을 스스로 끊어내야 합니다. 그대 지식의 새벽과 한낮의 시간을 칭칭 옭아맸던 그 사슬을.
그대가 자유라고 부르는 것은 그중에서도 가장 튼튼한 사슬입니다. 더구나 그 고리는 햇빛을 받아 눈부시게 반짝이며 그대의 눈을 멀게 합니다.
그대가 자유로워지고자 스스로 내버리려는 것, 그것은 혹시 그대 자신의 일부분 아닙니까?

그대가 없애려는 것이 부당한 법이라고 하나 그것은 이마에 그대 스스로 새겨 넣은 것입니다.

아무리 법전을 불사르고, 온 바닷물을 들이부어 재판관의 이마를 씻어낼지라도 그것을 지울 수는 없을 것입니다.

그대가 내버리려는 것이 폭군의 지위라면, 먼저 그대 안에 들어앉은 왕좌가 무너졌는지 아닌지 확인하십시오.

제아무리 폭군이라도 자유롭고 자긍심 높은 자를 지배할 수는 없기 때문입니다. 그 자유 안에 압제가 존재하지 않고, 그 긍지 안에 부끄러움이 없는 한.

그대가 벗어던지려는 것이 근심거리입니까. 그것은 누가 강요한 것이 아니라 그대가 스스로 선택한 것입니다.

또는 불안감입니까. 떨쳐버리고자 하는 그 불안감의 뿌리는 그대 마음속에 있는 것이지, 그대를 겁먹게 하는 자의 손아귀에 있는 것이 아닙니다.

갈망하는 것과 두려워하는 것, 소중한 것과 혐오스러운 것, 추구하는 것과 피하고 싶은 것. 이 모든 것은 그대 안에 얽히고설켜 언제나 꿈틀대고 있습니다.

빛과 그림자처럼 쌍을 이루어 서로 뒤엉킨 채 그대 안에서 몸부림치고 있습니다.

마침내 그림자가 사라지고 나면 홀로 남은 빛은 또 다른 빛의 그림자가 됩니다.

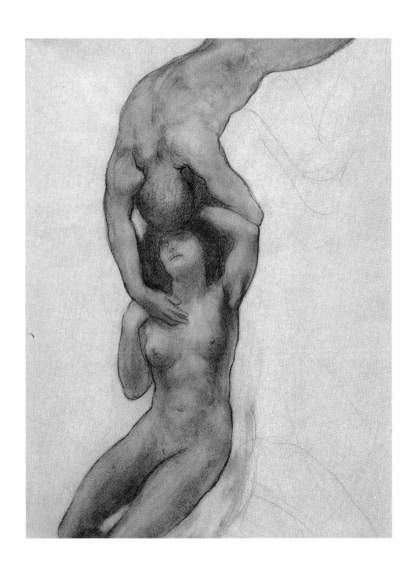

자유에 대하여

113

그대의 자유도 족쇄가 풀리면 이번에는 그 자신이 더 큰 자유의 족쇄가 될 것입니다.

이성과 열정에 대하여
Reason and Passion

이성은 홀로 작용하면 그대를 가둬버릴 힘이며,
열정은 가만 놔두면 제 자신마저 태워버리는 불꽃입니다.
그러므로 이성으로 하여금 열정을 인도하게 하십시오.

이성과 열정에 대하여

여사제가 다시 입을 열었다. 이성과 열정에 대해 말씀해주십시오.
알 무스파타가 대답했다.

그대의 영혼은 때때로 전쟁터로 변하고, 이성과 분별이 열정과 본능을 상대로 그곳에서 싸움을 펼칠 것입니다.
아아, 내가 그 영혼의 중재자가 될 수 있다면 얼마나 좋을까요? 그대 마음속에서 대립하는 생각들을 하나로 모아, 불협화음을 듣기 좋은 선율로 바꿀 수 있다면.
하지만 먼저 그대 자신이 중재자가 되어 그대 내면의 모든 것을 사랑하지 않는 한 내가 할 수 있는 일은 아무것도 없습니다.

이성과 열정은 항해하는 영혼의 키이며 돛입니다.
어느 한쪽만 망가져도 그대는 파도에 떠밀려가거나 바다 한가운데에 멈춰선 채 어디로도 갈 수 없습니다.
이성은 홀로 작용하면 그대를 가둬버릴 힘이며, 열정은 가만 놔두면 제 자신마저 태워버리는 불꽃입니다.
그러므로 그대 영혼으로 하여금 이성을 뜨거운 열정만큼 높은 곳으로 오르게 하십시오. 이성이 그곳에서 마음껏 노래할 수 있도록.
그리고 이성으로 하여금 열정을 인도하게 하십시오. 그러면 그대의 열정은 자신의 재속에서 다시 날아오르는 불사조처럼 날마다 되살아날 것입니다.

나는 그대들이 분별과 본능을 그대 집에 찾아온 귀한 손님처럼 여기길 바랍니다.

　그러면 한 손님을 다른 쪽보다 귀하게 생각할 수 없을 것입니다.

　어느 한쪽을 편애하다가는 양쪽 모두의 사랑과 믿음을 잃게 될 테니까요.

　언덕에 올라 시원한 은백양 나무 그늘에 앉아 저 멀리 펼쳐진 논밭과 초원을 바라보며 한가한 기분에 젖어 있을 때 마음속으로 가만히 말해보십시오. "신은 이성 안에서 쉬고 계신다."

　폭풍우가 밀려와 거센 바람이 숲을 뒤흔들고 천둥 번개가 하늘의 위엄을 경고할 때는 가슴으로 하여금 두려움에 찬 목소리로 말하게 하십시오. "신은 열정 속에서 움직이신다."

　그대는 신이 불어넣으시는 한 숨결이며 신의 숲 속 한 잎사귀이니, 그대 또한 이성에서 쉬고 열정으로 움직여야 할 것입니다.

이성과 열정에 대하여

고통에 대하여
Pain

고통은 그 대부분이 스스로 선택한 것.

그대 내면의 의사가 그대 안의 병든 자아를 치료하느라 권하는 쓰디쓴 한 모금 약.

그러니 그 의사를 믿고, 그가 내미는 약을 잠자코 받아 마시십시오.

고통에 대하여

한 여인이 말했다. 고통에 대해 말씀해주십시오.
알 무스타파가 대답했다.

고통이란 그대의 의식을 감싼 껍질이 깨지는 것입니다.
새싹이 햇빛을 보려면 씨앗을 뚫고 나와야 하듯이 그대도
고통을 이해해야 합니다.
인생에서 날마다 일어나는 기적이 언제나 신선한 경이로움
으로 다가온다면, 고통도 기쁨 못지않게 신비로움으로 가득
차 있음을 깨닫게 될 것입니다.
그러면 들판에 찾아오는 계절의 변화에 언제나 순응하듯이
그대는 자신의 마음속 사계절을 있는 그대로 받아들이게 될
것입니다.
슬픈 겨울을 보내는 동안에도 평온히 지낼 수 있을 것입니
다.

고통은 그 대부분이 스스로 선택한 것.
그대 내면의 의사가 그대 안의 병든 자아를 치료하느라 권
하는 쓰디쓴 한 모금 약.
그러니 그 의사를 믿고, 그가 내미는 약을 잠자코 받아 마
시십시오.
그 손이 아무리 거칠고 딱딱해 보일지라도, 보이지 않는 분
의 부드러운 손길에 인도되고 있으므로.
그가 내민 잔이 아무리 그대의 입술을 불태운다 해도, 신의
거룩한 눈물로 흙을 반죽하여 빚은 잔이므로.

자기인식에 대하여

Self-Knowledge

인간은 마음으로 알고 있는 것이라도 말로써 이해하고 싶어
하는 법.
자기 꿈의 벌거벗은 몸뚱이를 손가락으로 만지고 싶어 하기
마련입니다.

자기인식에 대하여

한 남자가 말했다. 자기인식에 대해 말씀해주십시오.
알 무스타파가 대답했다.

그대 마음은 낮과 밤의 비밀을 알고 있으면서도 입 밖에 내지 않습니다.
하지만 그대의 귀는 마음이 알고 있는 비밀을 듣고 싶어 안달합니다.
인간은 마음으로 알고 있는 것이라도 말로써 이해하고 싶어 하는 법.
자기 꿈의 벌거벗은 몸뚱이를 손가락으로 만지고 싶어 하기 마련입니다.

물론 그러면 안 된다는 뜻이 아닙니다.
영혼 속 보이지 않는 샘은, 솟아올라 넘실대며 바다로 흘러 들어가려 하기에.
그러면 거기에는 그대의 무한한 깊이라는 보물이 드러날 것입니다.
다만 그 미지의 보물은 결코 저울로 무게를 잴 수 없습니다.
그 지식의 깊이를 자나 줄로 잴 수도 없습니다.
그대의 자아는 끝없이 펼쳐진 망망대해와 같으므로.

"나는 진리를 발견했다" 말하지 마십시오. "진리의 일면을 엿보았다" 말하십시오.
"영혼의 길을 찾았다" 말하지 마십시오. "내 길을 가는 영혼과 만났다" 말하십시오.

영혼은 모든 길을 걷기 때문입니다.

어느 한 길만 따라 걷지도 않으며, 갈대처럼 높이 뻗기만 하지도 않습니다.

영혼은 무수한 꽃잎을 지닌 연꽃처럼 제 자신을 활짝 펼칩니다.

자기인식에 대하여

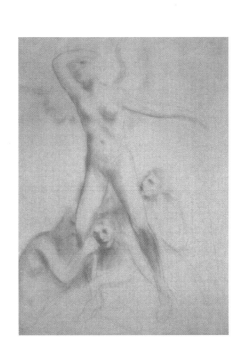

가르침에 대하여
Teaching

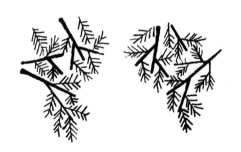

천문학자는 그대에게 우주에 관한 자신의 지식을 말해줄 수
있으나
자신이 이해한 것을 고스란해 전해주지는 못합니다.
사물을 포착하는 능력은 오로지 그 사람의 것입니다.
자기 날개를 남에게 빌려줄 수는 없는 법입니다.

한 교사가 말했다. 가르침에 대해 말씀해주십시오.
알 무스타파가 대답했다.

누군가가 그대에게 가르쳐주는 것은 모두 그대 지식의 새벽
녘에 이미 반쯤 잠들어 누워 있는 것뿐입니다.

신전 그늘에서 제자들에 둘러싸인 채 거니는 스승은 지혜를
전수하는 것이 아닙니다. 그가 줄 수 있는 것은 오직 믿음과
사랑입니다.

정말로 현명한 선생이라면, 그대들을 그의 지혜의 집으로
불러들이는 것이 아니라 그대들 자신이 가진 지혜의 문으로
인도해줄 것입니다.

천문학자는 그대에게 우주에 관한 자신의 지식을 말해줄 수
있으나 자신이 이해한 것을 고스란히 전해주지는 못합니다.

음악가는 그대에게 우주에 넘쳐흐르는 리듬을 들려줄 수 있
을지언정 그 리듬을 포착하는 귀나 그것을 울려내는 목소리까
지 줄 수는 없습니다.

또한 수학자는 길이, 무게, 부피의 세계에 대해 말할 수는
있어도 그 세계로 그대를 데려가지는 못합니다.

사물을 포착하는 능력은 오로지 그 사람의 것입니다. 자기
날개를 남에게 빌려줄 수는 없는 법입니다. 그대들은 모두 저
마다 홀로 신의 지식 앞에 서 있습니다. 마찬가지로 그대가
신을 알고 대지를 이해할 때 그 지식은 그대만의 것입니다.

우정에 대하여
Friendship

친구가 자기 생각을 말할 때 마음속으로 "그건 아니야" 부정하기를 두려워하지 마십시오.

그러나 "네 말이 맞다" 수긍하는 말도 주저하지 마십시오.

우정에는 영혼에 깊이를 더하는 것 말고 다른 목적을 두지 마십시오.

우정에 대하여

한 젊은이가 말했다. 우정에 대해 말씀해주십시오.
알 무스타파가 대답했다.

친구란 그대의 바람을 채워주는 해답입니다. 친구는 밭이며, 그대는 그곳에 사랑으로 씨를 뿌리고 감사함으로 거두어들입니다.
친구는 식탁이며, 난로이기도 합니다.
그대는 친구를 찾아가 굶주림을 달래고 평안을 얻습니다.

친구가 자기 생각을 말할 때 마음속으로 "그건 아니야" 부정하기를 두려워하지 마십시오. 그러나 "네 말이 맞다" 수긍하는 말도 주저하지 마십시오.
친구가 말없이 있다면 그대의 마음을 움직여 그 친구의 마음속 소리에 귀를 기울이십시오.
우정이 있다면 굳이 말하지 않아도 모든 생각과 소망과 기대가 대가 없는 기쁨과 함께 태어나 공유되기 때문입니다.
친구와 헤어지게 되더라도 비탄에 잠길 필요는 없습니다. 친구의 가장 사랑스러운 면은 그가 곁에 없을 때 더욱 뚜렷하게 보이기 때문입니다. 한창 산에 오를 때보다 들판에서 바라볼 때 그 산의 모습이 잘 보이는 것과 같은 이치입니다.
우정에는 영혼에 깊이를 더하는 것 말고 다른 목적을 두지 마십시오.
자신의 신비를 드러내는 일 말고 다른 것을 추구하는 사랑은 이미 사랑이 아니기 때문입니다. 그것은 쓸모없는 것들만 잔뜩 걸려드는 그물에 불과합니다.

친구에게 늘 최선을 다하십시오.

친구가 그대 마음의 썰물 때를 알고자 한다면 밀물 때도 알려주십시오.

그저 남아도는 시간을 함께 보내려고 찾는 친구라면 무슨 의미가 있겠습니까?

언제든 시간을 뜻깊이 보내기 위해 친구를 찾으십시오.

친구란 그대의 바람을 채워주는 존재이지 공허함을 채워주는 존재가 아닙니다.

감미로운 우정 속에서 웃고, 기쁨을 나눌 수 있도록 하십시오.

아주 자그마한 이슬 한 방울에서도 마음은 상쾌한 아침을 찾아내는 법이므로.

우정에 대하여

대화에 대하여
Talking

그대 목소리 속에 있는 목소리로 말하면 그의 귓속에 있는
귀에 닿을 것입니다.
그래야만이 그대 마음속 진리가 듣는 이의 영혼에 머무를
수 있습니다.

대화에 대하여

한 학자가 말했다. 대화에 대해 말씀해주십시오.
알 무스타파가 대답했다.

사람은 마음의 평안을 잃으면 말을 하기 시작합니다.
쓸쓸한 마음 안에 더는 머무르기가 괴로워졌을 때 사람은 입술에서 살 곳을 찾습니다. 목소리는 기분전환과 위안이 될 뿐.
그러나 말하는 동안 그대의 사고는 반쯤 죽은 것이나 다름 없습니다.
생각이란 하늘을 나는 새와 같아서, 말이라는 새장 속에서는 그 날개를 펼칠 수조차 없기 때문입니다.

어떤 사람은 홀로 있는 것이 두려워 버릇처럼 말 많은 사람을 찾습니다.
외로운 침묵이 그들의 벌거벗은 모습을 그들 눈앞에 드러내기에 어디론가 달아나지 않고는 못 배기는 것입니다.
또한 저 스스로도 이해하지 못하는 진리를 지식이나 사고 없이 그저 입으로만 떠들어대는 사람들이 있습니다.
반면에 내면에 진리를 품고 있으면서도 말로 꺼내지 않는 사람도 있습니다.
이런 사람들의 가슴속에는 영혼이 고요히 역동적으로 살고 있습니다.

길이나 장터에서 친구를 만나거든 그대의 영혼으로 하여금 그대의 입술을 움직이고 그대의 혀를 이끌게 하십시오.
그대 목소리 속에 있는 목소리로 말하면 그의 귓속에 있는 귀에 닿을 것입니다.

　그래야만이 그대 마음속 진리가 듣는 이의 영혼에 머무를 수 있습니다. 포도주의 색깔은 잊히고 그 포도주를 담았던 잔은 썩어 없어지더라도 혀가 포도주의 맛을 영원히 기억하듯이.

시간에 대하여
Time

시간은 헤아릴 수 없이 무한한 것.
그리고 삶은 그 자체가 시간을 초월한 것.
어제는 단지 오늘의 추억이며, 내일은 오늘의 꿈일 뿐입니다.

시간에 대하여

한 천문학자가 말했다. 선생님, 시간에 대한 말씀을 듣고 싶습니다.

알 무스타파가 대답했다.

시간은 헤아릴 수 없이 무한한 것이거늘 사람들은 그것을 재고자 합니다.

시간과 계절에 맞추어 행동하려 들고, 심지어 영혼이 가야 할 길마저 바꾸려고 합니다.

시간을 강물로 만들고, 기슭에 앉아 그 흐름을 지켜보고자 하는 것입니다.

그러나 그대 안에 있는 '시간을 초월한 존재'는 삶의 덧없음을 알고 있습니다.

어제는 단지 오늘의 추억이며, 내일은 오늘의 꿈일 뿐이라는 사실을.

그대 안에서 노래하고 생각하는 그 존재는 우주에 별들이 흩어져 있던 태초의 순간 속에 여전히 살고 있습니다.

사랑의 무한한 힘을 느끼지 못하는 사람이 있습니까?

자기 내면 깊숙한 곳에 파묻힌 채 이 사랑의 생각에서 저 사랑의 생각으로, 이 사랑의 행위에서 저 사랑의 행위로 휩쓸려 다닐 줄 모르는 그 무한한 사랑을 느끼지 못하는 사람이 있습니까?

시간도 사랑처럼 무한하며 결코 나누어지지 않는 것입니다.

그러나 굳이 머릿속으로 시간을 계절별로 나누어 재야겠다면, 계절이 저마다 다른 계절들을 둘러싸게 하십시오.

예언자
150

그리고 오늘이 지난날의 추억과 앞날에 대한 동경을 품고서 어제와 내일을 감싸 안게 하십시오.

선악에 대하여
Good and Evil

남에게 자기 자신을 아낌없이 베풀고자 애쓸 때 그대는 선
입니다.
허나 자신의 이익을 위해 무언가를 추구한다 하여 악한 것
은 아닙니다.

마을 장로 한 사람이 말했다. 선과 악에 대해 말씀해주십시오.

알 무스파타가 대답했다.

나는 그대 안에 있는 선에 대해서는 말할 수 있으되, 악에 대해서는 말할 수 없습니다.

악이란 굶주림과 갈증으로 괴로워하는 선 자체이기 때문입니다.

선이 굶주리면 캄캄한 동굴 안에서조차 먹을 것을 찾고, 목이 마르면 썩은 물도 마시는 법입니다.

자기 자신과 한 몸이 되었을 때 그대는 선입니다.

그러나 한 몸이 아니라고 해서 꼭 악인 것은 아닙니다.

불화가 생긴 집은 도둑의 소굴이 아니라 그저 불화가 생긴 집일뿐이므로.

키 없는 배도 위험한 섬들 사이를 정처 없이 떠돌지언정 바다 속으로 아주 가라앉지는 않습니다.

남에게 자기 자신을 아낌없이 베풀고자 애쓸 때 그대는 선입니다.

허나 자신의 이익을 위해 무언가를 추구한다 하여 악한 것은 아닙니다.

간절하게 무언가를 얻으려고 할 때 그대는 그저 대지의 가슴에 매달려 젖을 빠는 뿌리이므로.

그 뿌리에게 열매는 결코 이런 말을 하지 않습니다. "나처럼 되어라. 무르익고 주렁주렁 열려 늘 그대에게 풍요를 안겨주는 나처럼."

　본디 열매는 자신을 내주는 존재이며, 뿌리는 받아들이는 존재이므로.

　깨어 있는 정신으로 말할 때 그대는 선입니다.

　하지만 잠들어 혀가 꼬부라진다고 해서 악한 것은 아닙니다. 더듬거리는 말일지라도 허약한 혀를 튼튼하게 만들지 모르므로.

　힘찬 발걸음으로 목적지를 향해 올바로 나아갈 때 그대는 선입니다.

　하지만 절뚝대며 걷는다고 해서 악인 것은 아닙니다.

　발을 절뚝일지라도 뒷걸음질을 하는 것은 아니기 때문입니다.

　그러나 힘세고 날랜 그대여, 절름발이 앞에서 일부러 다리를 끌며 속도를 늦추지 마십시오. 그것이 그에 대한 친절이라고 착각하지 마십시오.

　그대는 여러모로 선합니다. 그러나 선하지 않을 때 악한 것은 아닙니다.

　다만 빈둥거리며 게으름을 피우는 것일 뿐.

　안타깝게도 사슴이 거북이에게 빨리 달리는 법을 가르쳐 주지는 못합니다.

　더 큰 자아에 대한 동경, 그 안에 그대의 선이 있습니다. 그리고 그 동경은 누구나 가지고 있습니다.

예언자
156

선악에 대하여

어떤 이들에게 그 동경은 급류와 같습니다. 언덕의 비밀과 숲의 노래를 싣고서 힘차게 바다로 흘러가는 급류.

또 어떤 이들에게는 잔잔한 시냇물입니다. 모퉁이마다 굽이 돌며 천천히 바다에 이르는 시냇물.

하지만 간절히 소망하는 이가 그렇지 않은 이에게 "어째서 그대는 그다지도 느리고 멈칫거리는가?" 물음을 던져서는 안 됩니다.

진정으로 선한 이는 헐벗은 이에게 "그대 옷은 어디 있는가?" 묻지 않으며, 집 없는 이에게 "그대 집은 어찌 된 건가?"라고 묻지 않으므로.

기도에 대하여
Prayer

기도란 그대를 공기 속으로 퍼트려줍니다.
보이지 않는 신전에는 마음을 비우고 들어가십시오.
그것만으로 충분합니다.

기도에 대하여

한 여사제가 물었다. 기도에 대해 말씀해주십시오.

알 무스타파가 대답했다.

그대들은 괴로울 때나 무언가를 바랄 때 기도를 합니다. 하지만 되도록이면 기쁨에 넘칠 때나 풍요로운 나날에도 기도하십시오.

기도란 그대를 공기 속으로 퍼트려줍니다.

마음속 어둠을 허공에 뱉어내는 것이 위안이 된다면, 그 허공에 마음속 새벽빛을 쏟아내는 것도 똑같은 기쁨이 될 것입니다.

그대가 우는 것밖에 할 수 없을 때 그대의 영혼도 같이 울 테지만, 그래도 끊임없이 그대를 기도하도록 격려하여 웃음을 되찾아줄 것입니다.

기도를 올릴 때 그대는 공기 중으로 올라가, 같은 시간에 기도하고 있는 사람들과 만납니다. 기도 안에서가 아니면 결코 만날 일 없는 그들과.

그러므로 보이지 않는 신전에 참배하러 갈 때는 그런 황홀감과 감미로운 교감만을 목적으로 하십시오.

그저 무언가를 구하기 위한 목적이라면 신전에 들어간다 하더라도 아무것도 얻지 못할 것입니다.

겸허해지기 위해 들어가더라도 높아지지 못할 것입니다.

남을 위해 기도하러 왔더라도 그 기도는 이루어지지 않을 것입니다.

보이지 않는 신전에는 오로지 마음을 비우고 들어가십시오. 그것만으로 충분합니다.

내가 그대들에게 어떻게 기도하라고 가르쳐줄 수는 없습니다.

신께서는 그대 입술을 빌려 하신 말씀 외에는 그 어떤 말도 귀담아듣지 않으십니다.

또한 나는 바다와 산과 숲의 기도를 가르쳐 줄 수 없습니다.

하지만 바다와 산과 숲에서 태어난 그대들이라면 자기 가슴 속에서 그 기도를 찾아낼 수 있을 것입니다.

고요한 밤에 귀를 기울이면 침묵 속에서 그 기도가 들릴 것입니다.

"신이시여, 날개 달린 우리의 자아여. 우리 안에 있는 당신의 뜻이 우리를 행동케 합니다. 우리 안에 있는 당신의 소망이 우리를 소망케 합니다. 우리 안에 있는 당신의 충동이 우리의 밤이자 당신의 밤을, 우리의 낮이자 당신의 낮을 변화케 합니다. 당신께 바라는 것은 아무것도 없습니다. 우리가 바라는 것이 무엇인지, 그것이 마음속에 싹트기 전부터 당신은 이미 아실 터. 우리가 바라는 것은 바로 당신. 당신을 받으면 모든 것을 받은 것입니다."

쾌락에 대하여
Pleasure

쾌락은 자유의 노래.
그러니 온 마음을 바쳐 그 노래를 부르십시오.
하지만 그 노래에 취해 마음까지 잃어버리는 일이 없기를.

일 년에 한 번씩 도시를 방문하는 은둔자가 앞으로 나서서 말했다. 쾌락에 대해 말씀해주십시오.

알 무스타파가 대답했다.

쾌락은 자유의 노래.

하지만 그 자유는 아닙니다.

쾌락은 욕망의 꽃.

하지만 그 열매는 아닙니다.

쾌락은 정상을 향해 소리치는 심연(深淵).

하지만 그 깊이나 높이는 아닙니다.

쾌락은 우리에 갇혀서도 날아오르려 하는 것.

그러나 사방이 둘러싸인 곳은 아닙니다.

아아, 진정 쾌락이란 자유의 노래.

그러니 온 마음을 바쳐 그 노래를 부르십시오. 하지만 그 노래에 취해 마음까지 잃어버리는 일이 없기를.

어떤 젊은이들은 쾌락이 전부인 듯 쾌락만을 쫓습니다. 그리하여 심판받고 비난받습니다.

하지만 나는 그들을 심판하지도 비난하지도 않을 것입니다.

오히려 그들이 쾌락을 쫓게 할 것입니다.

그들이 쾌락을 발견할 때는 다른 것도 함께 발견하기 때문입니다.

쾌락에는 일곱 자매가 있는데, 그중 가장 어린 자매조차 쾌락보다 아름답습니다.

나무뿌리를 캐다가 땅 밑에 묻혀 있는 보물을 우연히 발견한 이의 얘기를 들어보지 못했습니까?

어떤 노인들은 술김에 저지른 잘못인 것처럼 지난날 쾌락을
후회합니다.

하지만 후회는 마음을 흐리게 할 뿐 바로잡아주지 않습니
다.

쾌락을 추억한다면 감사하는 마음으로 하십시오.

여름날 수확을 거둔 뒤처럼.

그러나 후회함으로써 마음이 편해진다면 그냥 후회하십시
오.

한편, 쾌락을 찾기에는 젊지 않으나 추억할 만큼 늙지는 않
은 이가 있습니다.

그들은 추구하거나 추억하기가 두려워 모든 쾌락을 피합니
다. 행여 영혼을 소홀히 하여 더럽힐까봐 두려운 것입니다.

허나 그들이 가는 길에도 나름의 쾌락은 있습니다. 그러니
떨리는 손으로 나무뿌리를 캐더라도 보물을 찾게 될 것입니
다.

게다가 그 누가 영혼을 더럽힐 수 있단 말입니까?

밤꾀꼬리가 고요한 밤을 어지럽힙니까? 반딧불이가 별빛을
흐립니까?

그대의 불꽃과 연기가 바람에 무거운 짐이 됩니까?

영혼이 막대기 하나로 물결을 일으킬 수 있는 연못입니까?

그대들은 때때로 쾌락을 마다하면서도 마음속 깊숙한 곳에
쾌락을 추구하는 욕망을 쌓아둡니다.

예언자

쾌락에 대하여

그러나 오늘 피한 것이 내일 기다리고 있음을 그대들도 알고 있을 터.

그대들의 몸뚱이조차 자신에게 필요한 것을 똑똑히 알고 있으니, 결코 속일 수 없습니다.

그대의 몸은 영혼의 하프.

그대들이 어떻게 하느냐에 따라 감미로운 음악이 울려나올 수도, 어수선한 소음이 나올 수도 있습니다.

이제 그대들은 스스로에게 물을 것입니다. 쾌락에 좋은 것과 나쁜 것이 있을까?

그것을 알려면 밭이나 정원으로 가보십시오. 그곳에서 깨닫게 될 것입니다. 벌에게 쾌락이란 꽃에서 꿀을 모으는 것임을.

또한 꽃에게는 꿀을 벌에게 바치는 것임을.

벌에게는 꽃이 생명의 샘이며, 꽃에게는 벌이 사랑의 전령이므로.

벌과 꽃에게는 쾌락을 주고받는 일이 욕구이자 황홀한 만족인 것입니다.

오르팔리스 사람들이여, 그대들도 부디 꽃과 벌처럼 쾌락 속에 살아가기를.

아름다움에 대하여
Beauty

아름다움은 보고 싶은 심상도, 듣고 싶은 노래도 아닙니다. 눈을 감아도 보이는 영상이며, 귀를 닫아도 들리는 노래입니다.

한 시인이 말했다. 아름다움에 대해 말씀해주십시오.
알 무스타파가 대답했다.

아름다움이 스스로 길이 되어 그대를 안내하지 않는다면 어디서 어떻게 아름다움을 발견할 수 있겠습니까?
또한 아름다움이 그대의 말을 짜는 베틀이 되어주지 않는다면 어떻게 아름다움을 말할 수 있겠습니까?

고통받은 사람과 상처 입은 사람들은 말합니다.
"아름다움은 따뜻하고 부드럽다.
칭찬을 수줍어하는 젊은 어머니처럼 우리 사이를 거닌다."
열정적인 이는 말합니다.
"아니다. 아름다움은 힘차고 무서운 것.
폭풍우처럼 우리 발밑의 땅과 머리 위의 하늘을 뒤흔든다."

지친 사람과 연약한 사람은 말합니다.
"아름다움은 달콤한 속삭임. 우리 영혼 속에 말하는 목소리.
우리의 침묵에 두려워하는 목소리. 그림자 앞에서 두려워 떠는 희미한 빛처럼."
그러나 불안한 사람은 말합니다.
"아름다움이 산속에서 절규하는 소리를 들은 적이 있다. 그와 더불어 말발굽 소리, 새의 날갯짓 소리, 사자의 포효가 들렸다."

밤에는 야경꾼들이 말합니다.

"아름다움은 새벽빛과 더불어 동녘에 떠오르는 것."
낮에는 일꾼과 나그네들이 말합니다.
"노을 지는 창 너머로 대지 위에 기울어 가는 아름다움을 보았다."

겨울에는 눈에 갇힌 이가 말합니다.
"아름다움은 봄과 더불어 언덕을 넘어 뛰어오리라."
여름날 땡볕 아래서는 곡식을 거두어들이는 이들이 말합니다.
"아름다움이 낙엽과 춤추는 것을 보았다. 그 머리칼 사이로 휘날리는 눈송이도."

이 모두가 아름다움에 대해 그대들이 말한 것.
하지만 사실 그대들은 아름다움에 대해 말한 것이 아닙니다. 이루지 못한 욕구에 대해 말한 것일 뿐.
아름다움이란 욕구가 아니라 희열입니다.
목마른 입도, 적선을 바라고 내민 빈손도 아닙니다.
불타는 가슴이며 매혹된 영혼입니다. 보고 싶은 심상도, 듣고 싶은 노래도 아닙니다.
아름다움은 오히려 눈을 감아도 보이는 영상이며, 귀를 닫아도 들리는 노래.
주름진 나무껍질 안에 흐르는 수액도 아니며, 날카로운 발톱에 걸린 날개도 아닙니다.
오히려 영원히 꽃이 지지 않는 정원이며, 영원히 하늘을 날아다니는 천사의 무리입니다.

아름다움에 대하여

오르팔리스 사람들이여, 아름다움은 생명입니다. 생명이 베일을 벗을 때 드러나는 거룩한 얼굴입니다.
그대들이 바로 그 생명이며 베일입니다.
아름다움은 거울에 비친 자신을 들여다보는 영원입니다.
그대들이 바로 그 영원이며 거울입니다.

예언자

종교에 대하여
Religion

신을 알고 싶다면 수수께끼를 풀려 들지 마십시오.
그보다 주위를 둘러보십시오.
여러분의 아이들과 어울려 놀고 계신 신을 보게 될 것입니다.

종교에 대하여

늙은 사제가 말했다. 종교에 대해 말씀해주십시오.
알 무스타파가 말했다.

내 오늘 이야기한 것이 종교가 아니면 무엇인가요? 모든 행위와 반성이 신앙이 아니고 무엇인가요? 신앙이란 두 손으로 돌을 쪼고 베틀을 손질할 때조차 영혼에서 끊임없이 샘솟는 경탄과 호기심 아니던가요?

그 누가 신앙을 행위와 직업에서 떼어놓을 수 있습니까? 그 누가 시간을 자기 앞에 펼쳐놓고, "이것은 신의 몫, 이것은 나의 몫, 이것은 내 영혼의 몫, 이것은 내 육체의 몫"이라 말할 수 있을까요?

그대들의 시간은 자아와 자아 사이를 넘나들며 퍼덕이는 날개입니다.

도덕을 최고급 옷으로 착각하고 몸에 걸친 사람은 차라리 벌거벗는 편이 낫습니다.

해와 바람이 그 살갗에 구멍을 내지는 못할지니.

도덕으로 자신의 행위에 금을 긋는 사람은 노래하는 새를 새장에 가둔 사람입니다.

가장 자유로운 노래는 회와 철망에서 나오지 않습니다.

신앙을 창문으로 착각하고 열었다 닫았다 하는 사람은 제 영혼의 집에 가본 적이 없는 사람입니다. 새벽부터 다음 날 새벽까지 창문이 열려 있는 영혼의 집에.

나날이 이어지는 그대들의 삶이야말로 그대들의 신전이며 신앙입니다.

그곳으로 들어갈 때는 언제든 가진 것 모두를 들고 가십시오.

쟁기와 풀무, 망치와 류트를.

필요해서 만든 것, 즐기기 위해 만든 모든 것을.

명상 속에서는 자신이 이룬 것보다 높이 오를 수도, 실패한 것보다 아래로 떨어질 수도 없기 때문입니다.

그리고 그곳에 모든 사람과 더불어 가십시오.

찬미 안에서는 그들의 희망보다 높이 날 수도, 그들의 절망보다 아래로 자신을 낮출 수도 없기 때문입니다.

신을 알고 싶다면 수수께끼를 풀려 들지 마십시오.

그보다 주위를 둘러보십시오. 여러분의 아이들과 어울려 놀고 계신 신을 보게 될 것입니다.

그리고 허공을 바라보십시오. 구름 사이를 거닐다 번개를 가르며 손을 벌리고 비와 더불어 내려오시는 신을 보게 될 것입니다.

그리고 신은 꽃들 사이에서 미소 짓다가 높이 올라 나무들 사이에서 손을 흔들어 주실 것입니다.

죽음에 대하여
Death

삶과 죽음은 한 몸입니다.
강과 바다가 한 몸이듯이.

죽음에 대하여

알 미트라가 말했다. 죽음에 대해 말씀해주소서.
알 무스타파가 말했다.

인간은 죽음의 비밀을 알고 싶어 합니다.
삶 안에서 죽음을 찾을 때만이 비로소 그 대답을 찾을 수
있을 것입니다.
밤눈이 밝은 대신 낮에는 눈이 머는 올빼미는 빛의 신비를
벗길 수 없습니다.
진실로 죽음의 혼을 보고 싶다면 삶의 몸을 향하여 마음을
활짝 여십시오.
강과 바다가 한 몸이듯 삶과 죽음은 한 몸이기 때문입니다.

그대의 희망과 욕망의 깊숙한 곳에는 저 세상에 대한 지식
이 은밀히 잠들어 있습니다.
눈 속에서 꿈꾸는 씨앗처럼 그대의 마음은 봄을 꿈꿉니다.
그 꿈을 믿으십시오. 그 꿈 속에 영원으로 가는 문이 숨어
있습니다.

죽음을 두려워하는 것은 왕 앞에 선 양치기의 떨림과 같습
니다. 그러나 왕이 손을 뻗는 것은 양치기에게 영광을 주고자
함이니.
이제 그 양치기는 왕의 상징을 입었습니다.
부들부들 떨면서도 마음은 기쁨으로 넘쳤을 것입니다.
그러나 그보다 전율이 앞선 것일 테지요.

죽음이란 갓 태어난 모습으로 바람에 실려 태양 속으로 녹아드는 것.

그리고 숨을 거두는 것, 쉼 없이 들고 나던 숨결의 파도에서 해방되는 것.

그 숨은 이제 홀가분히 신을 찾아 하늘로 퍼져나가며 올라갑니다.

그대는 침묵의 강물을 마신 다음에야 진정으로 노래하게 될 것입니다.

산꼭대기에 이르러서야 오르기 시작하는 것입니다.

그대의 몸이 대지로 돌아갔을 때 비로소 진정한 춤을 추게 되는 것입니다.

죽음에 대하여

헤어짐
The Farewell

　이 말들이 모호할지라도 그 뜻을 명백하게 밝히려고 애쓰지 마십시오.

　모호하고 어렴풋한 것은 모두 어떤 것의 시작이지 끝은 아닙니다.

어느새 노을이 지고 있었다.

예언자 알 미트라가 말했다. 오늘 이곳에서 말씀해주신 당신의 영혼에 축복이 있기를.

알 무스타파가 대답했다. 말한 것이 나였을까요? 나 또한 듣는 사람 아니었을까요?

그러고서 그는 신전 계단을 내려갔다. 사람들이 모두 그 뒤를 따랐다. 그는 배가 있는 곳까지 걸어가 갑판 위에 올라섰다.

그러고는 사람들을 향해 다시 소리 높여 외쳤다.

오르팔리스 사람들이여, 바람이 헤어질 때라고 알리고 있습니다.

나는 바람만큼 조급하지는 않습니다. 그러나 이제 가야만 합니다.

우리 방랑자들은 늘 외로운 길을 찾아 나섭니다. 하루를 끝냈던 그 자리에서 새날을 시작하지 않으며, 노을과 헤어진 그 자리에서 새벽빛을 만나지 않습니다.

대지가 잠든 동안에도 우리는 여행을 계속합니다.

우리는 굳센 식물의 씨앗. 마음이 넉넉히 무르익었을 때 바람을 타고 이 땅 곳곳에 흩뿌려집니다.

그대들과 함께 보낸 날들은 짧았고, 그대들에게 들려준 말들은 그보다 더 짧았습니다.

그러나 내 목소리가 그대들 귓가에서 멀어지고 내 사랑이 그대들 기억에서 사라지는 바로 그때 나는 다시 찾아올 것입니다.

헤어짐

191

그리고 더 풍요로운 가슴과 영혼에 더욱 순종하는 입술로 말할 것입니다.

그렇습니다. 나는 파도를 타고 되돌아올 것입니다.

죽음이 나를 감추고 거대한 침묵이 나를 감쌀지라도, 나는 또다시 그대들의 이해를 구하러 올 것입니다.

내 이 소망은 덧없이 사라지지 않을 것입니다.

오늘 내가 한 말에 진리가 담겨 있다면, 그 진리는 언젠가 반드시 스스로 모습을 드러낼 것입니다. 더욱 낭랑한 목소리와 그대들 생각에 더 가까운 언어로.

오르팔리스 사람들이여.

나는 바람과 더불어 떠납니다. 그러나 결코 허무하게 사라지는 것이 아닙니다. 이 날이 그대들의 갈망와 내 사랑을 채워주지 못했다면 부디 다음날을 기약하기를. 인간의 욕구는 계속해서 변하지만, 사랑은 변하지 않습니다. 사랑으로 욕구를 채우고자 하는 열망도 변하지 않습니다.

그러므로 깨우치십시오. 언젠가 깊은 침묵 속에서 내가 돌아오리란 것을.

새벽녘 들판에 이슬을 남기고 사라지는 안개는 하늘에 올라 물방울이 되었다가 비가 되어 대지에 내립니다.

나는 그 안개와 같았습니다.

고요한 밤 그대들의 거리를 거닐 때 내 영혼은 그대들의 집에 걸어들어갔습니다.

그러면 그대들 심장의 고동이 내 가슴에 울리고, 그대들의 숨결이 내 얼굴에 쏟아졌습니다. 그로써 나는 그대들을 이해했습니다.

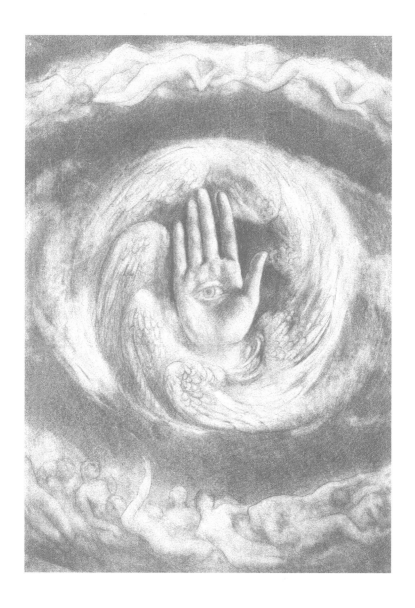

헤어짐

아아, 나는 그대들의 기쁨과 고통을 이해했습니다. 그대들이 꾼 꿈은 나의 꿈이기도 했습니다.

그대들에게 둘러싸여 있을 때 나는 산들에 둘러싸인 호수와 같았습니다.

그 호수는 언제나 그대들 마음속 꼭대기와 굽이치는 비탈을 비추었습니다. 때로는 가축 무리처럼 스쳐 지나가는 그대들의 생각과 소망도 비추었습니다.

아이들의 웃음소리는 시냇물처럼 내 침묵 속으로 흘러들어왔습니다. 젊은이들의 소망은 강물처럼 흘러들어왔습니다.

나의 심연에 다다랐을 때도 그 시냇물과 강물은 결코 노래를 멈추지 않았습니다.

이윽고 웃음소리보다 달콤하고 소망보다 큰 것이 나를 찾아왔습니다.

그것은 그대들의 무한함. 그 광대한 존재 안에서 그대들은 세포이자 힘줄이었습니다. 그대들이 연주하는 소리 없는 고동은 광대한 존재를 거치며 아름다운 노랫소리로 바뀌었습니다. 그 광대한 존재 안에 있을 때만이 인간은 무한해집니다. 광대한 존재를 바라보고 있노라면 그대들이 보였습니다. 나는 그런 그대들을 사랑했습니다.

사랑은 무한의 저편까지도 이르는 것.

그 어떤 환상, 그 어떤 희망, 그 어떤 예언이 사랑보다 멀리까지 날아갈 수 있을까요? 광대한 존재는 그대들 안에도 있습니다. 사과 꽃으로 뒤덮인 거대한 떡갈나무처럼.

그 힘이 그대들을 대지에 묶어두고, 그 향기가 그대들을 허공에 띄웁니다. 그 영속성 안에 있을 때만이 그대들은 죽지 않는 것입니다.

사람들은 말합니다. 그대들은 약하다고. 사슬에 비유하자면, 그중 가장 약한 고리와 같다고.
그러나 그것은 절반뿐인 진실. 그대들은 가장 튼튼한 고리처럼 강합니다.

지극히 사소한 행위로 사람을 판단하는 것은 덧없이 사라지는 물거품만 보고 드넓은 바다를 알았다고 으스대는 것과 같습니다.
사람을 실수로 판단하는 것은 계절이 자꾸만 변한다고 나무라는 것과 같습니다.

아아, 그대들은 드넓은 바다와 같습니다.
좌초한 배가 그대들의 기슭에서 조수를 기다리고 있을지라도, 바다가 그러하듯 그대들은 조수를 재촉할 수 없습니다.
또한 그대들은 계절과 같습니다. 그대들이 겨우내 봄을 거부하더라도 봄은 화내지 않고 그대들 속에서 나른하게 졸며 미소 짓습니다.

부디 착각하지 마십시오. 나는 그대들이 나중에 "그는 우리를 칭송했어. 우리의 좋은 면만을 보신 게 틀림없어" 서로 이야기를 나누라고 이런 말을 한 것이 아닙니다.
나는 그대들이 마음속에서 이미 깨달은 것을 말로 드러냈을 뿐입니다.
그러나 말로 꺼낸 지식은 말이 되지 못한 지식의 그림자에 불과합니다.

그대들의 생각과 나의 말은 봉인된 기억에서 밀려오는 파도. 그 기억에는 우리의 지난날이 새겨 있습니다. 대지가 우리의 존재는커녕 자기 자신조차 몰랐던 저 태초의 낮들과, 혼돈 속에서 소용돌이치던 저 태초의 밤들이 기록되어 있습니다.

슬기로운 이들은 그대들에게 지혜를 주려고 옵니다. 나는 그대들에게서 지혜를 얻어가려고 왔습니다.

그리고 지혜보다 위대한 것을 찾아냈습니다.

그것은 그대들 안에서 불타는 영혼. 그 불꽃은 그대들 안에서 더욱 활활 타오르고 있습니다.

그런데도 정작 그대들은 그 번져가는 불꽃을 깨닫지 못하고, 차츰 시들어가는 나날만 한탄하고 있습니다.

육체 속에서 살기를 원하는 생명만이 무덤을 두려워합니다.

이 땅에 무덤은 없습니다. 이 산들과 들판은 요람이며 디딤돌입니다.

조상을 묻은 땅을 지날 때 그곳을 찬찬히 살펴보십시오. 그대들 자신과 그대들의 아이들이 손에 손을 잡고 춤추는 것이 보일 것입니다.

인간은 대개 저도 모르는 사이에 들뜨곤 합니다.

지금껏 많은 사람들이 그대들을 찾아왔습니다. 그들은 그대들의 신앙심에 커다란 약속을 하고, 그대들은 그 약속의 대가로 부와 권력과 영광만을 주었습니다.

그러나 나는 약속 하나 하지 않았는데도 그대들은 내게 그 이상의 것을 주었습니다. 삶에 대한 나의 갈망을 더 간절하게 해준 것입니다. 의지를 갈증에 타는 입술로 바꾸어주고, 인생을 샘으로 바꾸어주는 것보다 멋진 선물은 없습니다.

그것이야말로 내가 받은 영광이며 보상입니다. 인생의 샘물을 마실 때마다 나는 발견합니다.

그곳에서 샘솟는 생명수 저 자신도 목말라하고 있음을.

그리하여 내가 그 물을 마시는 동안 샘물 또한 나를 마십니다.

나를 가리켜 "지나치게 거만하고 고고해서 선물을 받지 않는다" 말하는 이들이 있었습니다. 내가 자존심이 강해서 보수를 받지 않는 것은 맞습니다. 그러나 선물은 별개입니다.

그대들이 나를 식탁으로 초대했을지도 모르는데 나는 언덕에서 산딸기를 따 먹었습니다.

기꺼이 내게 잠자리를 내주었을지도 모르는데 나는 신전 회랑에서 잠들었습니다.

그러나 내 양식을 달콤하게 하고 내 잠을 꿈으로 감싸준 것은 나의 낮과 밤을 진심으로 염려해준 그대들의 그 마음입니다.

그대들은 많은 것을 베풀면서도 그것을 전혀 깨닫지 못했습니다.

나는 그대들의 그런 점을 축복합니다.

친절은 자신의 모습을 거울에 비추어보며 자만에 빠질 때 돌로 변해버립니다. 선행도 자기 자신을 달콤하디달콤한 이름

헤어짐

197

으로 부를 때 재앙의 어머니가 됩니다.

나를 가리켜 "다가가기 힘들다", "고독에 취해 있다" 말한 이들도 있었습니다. "숲의 나무들과는 속삭이면서 인간들과는 거리를 둔다. 언덕 꼭대기에 홀로 앉아, 우리가 사는 이 도시를 내려다볼 뿐"이라 말한 이들도 있었지요.

내가 언덕에 오르고, 인적이 드문 곳을 돌아다녔던 것은 사실입니다.

하지만 그렇게 높고 먼 곳에서가 아니라면 어찌 그대들을 볼 수 있었겠습니까?

멀리 떨어져 있지 않고서 어떻게 진실로 가까워질 수 있습니까?

입 밖으로 내진 않았으나 내게 이렇게 말한 이도 있었습니다.

"낯선 분이여, 낯선 분이여. 우리가 닿을 수 없는 높은 곳을 사랑하시는 분이여. 어째서 당신은 독수리들이나 집을 짓는 산꼭대기에서 사십니까?

무엇 때문에 이룰 수 없는 것을 추구하시나요?

대체 어떤 폭풍을 당신 그물에 가두려 하시나요?

허공에서 어떤 환상의 새를 잡으려고 하시나요?

이리 오셔서 우리와 하나가 되소서.

이리 내려오셔서 우리의 빵으로 굶주림을 채우고, 우리의 포도주로 목마름을 푸소서."

그들은 모두 고독한 영혼 속에서 이렇게 말했습니다.

하지만 그 고독이 조금 더 깊었더라면 그들은 깨달았을 것입니다. 내가 찾던 것은 오로지 그대들의 기쁨과 고통의 신비였음을.

내가 허공에서 좇은 것은 오직 그대들의 더 큰 자아였음을.

그러나 사냥꾼은 동시에 사냥당하는 자.

내가 쏜 무수한 화살들이 내 가슴으로 찾고 있었습니다.

날아가는 것은 동시에 기어가는 것.

내가 태양 아래에서 날개를 펼쳤을 때, 땅에 비친 그림자는 거북의 모습을 하고 있었습니다.

믿는 자는 동시에 의심하는 자.

그대들을 더 굳게 믿고 더 깊이 알기 위해 나는 때로 내 상처에 스스로 손가락을 찔러 넣었습니다.

이제 그 믿음과 깨달음으로 말합니다.

그대들은 육체에 갇혀 있지도, 집과 들판에 얽매어 있지도 않습니다. 그대들의 참 자아는 산보다 높은 곳에 살며 바람 따라 떠돌아다닙니다.

따뜻함을 찾아 태양으로 다가가지 않으며, 안전함을 찾아 캄캄한 굴을 파지도 않습니다.

그것은 자유로운 존재, 대지를 덮고 창공을 오가는 영혼.

이 말들이 모호할지라도 그 뜻을 명백하게 밝히려고 애쓰지 마십시오. 모호하고 어렴풋한 것은 모두 또 하나의 시작이지 끝이 아닙니다.

그러니 부디 나를 하나의 시작으로서 기억해주기를 바랍니다.

생명, 즉 살고자 하고 살아 있는 모든 존재는 결정(結晶)이 아니라 안개 속에서 잉태됩니다.

헤어짐

허나 누가 알겠습니까, 그 결정도 부서지면 안개에 불과하다는 것을.

나를 기억할 때면 그대들이여, 다음 말도 기억해주십시오.

그대들 안에서 가장 연약하고 가장 불확실해 보이는 존재가 실은 가장 강하고 확실한 존재임을.

그대들의 뼈대를 세우고 튼튼하게 하는 것은 그대들의 가녀린 숨결 아닙니까?

그대들의 도시를 세우고 거기에 필요한 것들을 만든 것은 모두가 본 것을 기억하지 못하는 그대들의 꿈 아닙니까? 그 숨결의 드나듦을 볼 수 있었다면, 그대는 이제 다른 것은 보지 않아도 좋다고 생각했겠지요. 그 꿈의 속삭임을 들을 수 있었다면, 그밖에 어떤 소리도 듣지 않아도 좋다고 생각했겠지요.

하지만 그대들은 아직 보지도 듣지도 못합니다. 하지만 괜찮습니다.

그대들의 눈을 가린 베일은 그것을 짰던 손이 벗겨줄 것이며, 그대들의 귀를 가득 메운 진흙은 그것을 반죽했던 손가락이 파내줄 것입니다.

그리하여 그대들은 보고 듣게 될 것입니다. 그러나 그대들은 그동안 보지 못했던 것을 한탄하거나, 듣지 못했던 것을 안타까워하지 않을 것입니다.

그 순간이야말로 만물에 깃든 뜻을 깨닫고, 빛에 감사하듯 어둠에도 감사하게 될 테니까요.

예언자

말을 마치고서 알 무스타파는 주위를 둘러보았다. 키잡이가 키 앞에 서서, 바람으로 잔뜩 부푼 돛과 수평선 너머를 번갈아 바라보고 있었다.

알 무스타파가 말했다.

나의 선장은 참으로 끈기가 있구나.

바람이 불어 돛이 펄럭이고, 키도 주인의 명령이 떨어지기만을 기다리는데,

나의 선장은 묵묵히 내 말이 끝나기를 기다리고 있구나.

바다의 노래에 귀를 기울이던 나의 선원들도 참을성 있게 내 말을 들어주었구나.

그러나 이제 더는 기다리지 못하리.

나도 이제 미련이 없습니다.

강은 이제 바다에 이르렀습니다. 이제 다시 크신 어머니가 아들을 그 품에 안아주십니다.

안녕히 계십시오, 오르팔리스 사람들이여.

이제 오늘은 끝나 저물려 합니다. 수련이 내일을 위해 꽃잎을 닫듯이.

오늘 여기서 얻은 것을 소중히 간직합시다. 그것으로 부족하다면 언젠가 다시 모여, 가르침을 줄 이에게 손을 내밉시다.

잊지 마십시오, 내가 그대들 곁으로 돌아오리라는 것을.

머지않아 내 소망은 새 몸을 이루기 위해 먼지와 물거품을 모을 것입니다.

이윽고 바람 위에서 짧은 휴식을 취하고 나면, 또 다른 여인이 나를 낳을 것입니다.

헤어짐

안녕, 오르팔리스 사람들이여. 안녕, 여러분과 함께 보낸 내 청춘이여.

우리가 꿈에서 만난 것은 바로 어제의 일.

내가 외로울 때 그대들은 노래를 불러주었고, 그대들의 소망으로 나는 하늘로 뻗어나가는 탑을 세웠습니다.

그러나 이제 우리는 잠에서 깨고, 꿈은 끝났으며, 새벽도 지나갔습니다.

해가 높이 떠오르고, 우리는 어렴풋한 잠에서 깨어나 온전한 하루를 맞았으니 이제 그만 헤어져야 합니다.

언젠가 기억의 황혼이 찾아와 다시 만나야 할 때가 오거든 함께 이야기를 나눕시다. 그대들이 내게 불러주었던 노래도 그때 더욱 깊이를 더할 것입니다.

그리하여 새 꿈속에서 우리가 손을 맞잡게 된다면, 다시 하늘을 향해 새 탑을 쌓읍시다.

말을 마치자 알 무스타파는 선원들에게 신호를 보냈다. 그들은 곧 닻을 올리고 밧줄을 푼 다음 뱃머리를 동쪽으로 돌렸다.

사람들 틈에서 터져 나온 울음소리가 한 사람의 가슴에서 나온 듯 동시에 울려 퍼졌다. 이윽고 그 소리는 황혼 사이로 떠올라 아름다운 나팔 소리처럼 바다 저편으로 사라졌다.

알 미트라만이 침묵을 지켰다. 그녀는 안개 속으로 사라져 가는 배를 그저 조용히 지켜보았다.

그리고 사람들이 모두 흩어진 뒤에도 바닷가에 홀로 서 있었다. 마음속에서 알 무스타파의 말을 되새기면서.

"이윽고 바람 위에서 짧은 휴식을 취하고 나면, 또 다른 여인이 나를 낳을 것입니다……."

헤어짐

The voice of Master
현자의 목소리

그림 : Auguste Rodin

머리글

나는 한마디 말을 전하기 위해 이 세상에 왔으니, 이제부터 말하리라. 죽음이 나를 막는다 해도 언젠가는 그것이 밝혀지리니, '내일'이란 결코 '영원'의 책에 비밀을 남겨두지 않는 까닭이다.

나는 하느님의 뜻인 사랑의 영광과 아름다움의 광명 안에 살기 위해 왔노라. 나는 여기 이렇게 살아 있으니, 누구든 나를 삶의 영토에서 추방시킬 수 없으리. 살아 있는 말을 통해, 죽음 가운데서도 나는 살아 있으리라.

나는 사람들과 더불어 있기 위하여 이곳에 왔노라. 그러므로 오늘 내가 고독 가운데서 하는 일은 내일이면 군중 속으로 되돌아가리라.

지금 내가 하나의 가슴으로 전하는 말은 내일이면 수천의 가슴으로 전해지리니.

스승과 제자

스승의 베니스 여행

어느 날 한 제자는 스승이 말없이 정원을 이리저리 거니는 모습을 보았다. 스승의 창백한 얼굴엔 슬픈 그늘이 깊게 서려 있었다. 제자는 알라신의 이름으로 스승에게 경배드리며 그 슬픈 까닭을 물었다.

스승은 제자에게 지팡이를 들어 보이며 연못 옆에 있는 바위에 앉으라는 시늉을 했다. 제자는 그 말에 따랐다. 스승은 곧바로 이야기를 시작했다.

"자네는 내 마음의 무대에서 밤낮으로 되풀이되는 비극에 대해 듣고 싶어 하는군. 그 동안 자네는 내 긴 침묵과 비밀에 지쳤고, 내 한숨과 탄식에 마음이 혼란스러웠겠지. 아마도 속으로 이렇게 생각했으리. '만약에 스승이 나로 하여금 당신이 구축해놓은 슬픔의 신전 속으로 들어오는 것을 허락지 않는다면 어떻게 내가 스승의 사랑을 받는다고 할 수 있는가?'

내 이야기를 깊이 새겨 들어보게……. 그러나 나를 불쌍히 여기진 말게. 연민은 약자를 위한 것일 뿐, 하지만 나는 아직 고통에 강한 사람이네.

젊은 시절부터 내게 늘 이상한 여인의 환영이 따라다녔지. 밤에 혼자 있을 때면 그녀가 내 곁에 앉아 있는 모습을 보고는 했어. 한밤중 침묵 속에서도 하늘에서의 목소리가 들려왔

스승과 제자

다네. 눈을 감으면 때때로 그녀의 부드러운 손가락이 내 입술에 닿는 걸 느끼기도 했지. 그러다 눈을 뜨면 나는 두려움에 압도되어, 불현듯 무(無)의 속삭임에 귀기울이기 시작했다네 ······.

나는 그럴 때마다 내 자신에게 묻곤 했지. '구름 속에서 길을 잃은 것처럼 나를 혼미하게 만드는 것은 공상 때문일까? 나는 꿈의 마력에 이끌려 아름다운 목소리와 부드러운 감촉을 지닌, 신비한 존재를 창조해낸 것일까? 난 광기를 부리듯 이토록 기막히게 사랑스러운 동반자를 만들어냈단 말인가? 나는 내 숭배의 대상과 더불어 인간 사회에서 멀리 벗어나버린 걸까? 그녀를 좀더 가까이 보고 그 거룩한 목소리를 좀더 잘 듣기 위해 나는 도시의 소음으로부터, 삶의 굴곡으로부터 두 눈과 두 귀를 닫아버린 것일까?' 그러나 현실이란 원한다 해서 우리 마음에서 지워버릴 수 있는 건 아니라네.

그 환상 속 여인이야말로 나와 온갖 삶의 기쁨과 슬픔을 함께 해온 내 반려자였네. 아침에 눈을 뜨면 그녀는 언제나 어머니의 빛나는 눈으로 나를 보면서 내 베개 위로 몸을 굽히고 있었다네. 그리하여 나는 무슨 일을 계획할 때면 항상 그녀의 눈을 통해 답을 찾고는 했지.

자주 나는 이런 회의에 빠져들곤 했다네. '나는 고독에 빠진 망상으로 자기 영혼을 위한 동반자를 만들어내는 미치광이가 아닐까?'

자네는 내 말을 이상하게 생각하는군. 하지만 살다보면 얼마나 자주 그런 이상한 체험에 당황하곤 하는가? 그녀는 언제나 나와 함께 있으면서 모든 일이 순조로워지도록 도와주고는 했지. 내가 식탁에 앉으면 그녀는 내 곁에 앉고, 우리는 서로의 생각을 주고받으며 대화를 나누었다네. 저녁이면 그녀가 이런 제안을 해올 때도 있었지. '우린 너무 오래 집 안에만 있어요. 들에 나가 풀밭을 산책해요' 하고. 그러면 나는 일을 멈추고 그녀와 함께 들로 나가 높은 바위 위에 앉아 먼 지평선을 바라보았네. 그녀는 황금빛 구름을 가리키고, 새들이 밤의 안식처로 돌아가기 전에 자유와 평화를 선물로 주신 신께 감사하면서 노래하는 소리에 함께 귀 기울이기도 했지.

내가 불안하고 어지러운 생각에 잠겨 있을 때마다 그녀는 내 방으로 오네. 그녀가 나타나기만 하면 내 모든 걱정과 근심은 기쁨과 평온으로 변하지. 내 영혼이 불의에 분노를 느낄 때, 또한 내가 뿌리치고 싶은 사람들의 얼굴 가운데서 그녀를 볼 때면, 내 마음속 태풍은 가라앉고 신기하게도 고요한 평화의 목소리가 깃들지. 내가 외로울 때나 삶의 비통한 창살이 내 가슴을 찌를 때, 또한 내 존재가 삶의 굴레에 묶여 있을 때, 나는 내 반려자가 따뜻한 사랑이 담긴 눈길로 날 보는 걸 알 수 있네. 그러면 슬픔은 기쁨으로 변하고, 인생은 에덴처럼 행복한 낙원이 되네.

그대는 어떻게 내가 그런 이상한 존재와 함께 기쁨을 누릴 수 있느냐고 생각할지 모르네. 또한 아직 인생의 봄철에 있는 사나이가 어떻게 환영에서 기쁨을 누릴 수 있느냐고. 그러나 그 시절이야말로 내게 진정한 삶과 아름다움, 행복과 평화를 준 축복받은 시간이었네.

내 상상 속 동반자 덕분에 나는 태양 앞을 떠돌거나 바다의 표면을 떠다니며, 혹은 달빛 속에서 노래 부르며 자유롭게 헤엄치는 일에 빠졌네. 그리하여 나는 평화로운 노래를 부르며 영혼을 풍요롭게 가꾸고 뭐라 형용할 수 없는 삶의 아름다움에 취해 나날이 꿈꾸듯 살아왔네.

삶은 정신을 통해서 보고 경험하는 것일세. 우리는 우리를 둘러싼 세계를 이해심과 이성을 통해 알아 가는 걸세. 따라서 이 같은 앎은 커다란 기쁨이나 슬픔을 가져다주지. 서른이 될 때까지 나는 오직 슬프기만 했어. 어쩌면 그런 슬픔 때문에 나는 내 가슴의 피가 마르기도 전에 죽어버렸을 거네. 그리하여 나는 마치 산들바람에도 더 이상 흔들리지 않고, 새들도 둥지를 틀지 않는, 마른 가지뿐인 한 그루 나무처럼 되고 말았을 걸세.”

스승은 잠시 입을 다물었다. 잠시 뒤 그 자신도 제자 옆에 앉으며 이렇게 덧붙였다.

“지금으로부터 20년 전 마운트 레바논의 총독이 나를 베니스로 보낸 적이 있지. 나는 학문의 사절로 총독이 베니스 시장에게 보내는 추천서를 들고 4월에 레바논을 떠났네. 봄기운은 향기롭고, 흰 구름은 몹시 매혹적인 그림처럼 지평선에 걸려 있었지. 내가 이 여행에서 느꼈던, 그 미칠 듯한 기쁨을 어떻게 설명할 수 있을까? 말이란 인간이 느끼는 깊은 감정을 표현하기엔 너무나 빈약한 수단이라네.

그 이전까지만 해도 나는 꿈 속 반려자와 함께 기쁨과 평화로 가득 찬 만족스러운 삶을 누릴 수 있었지. 앞날에 고통이 나를 기다리고 있으리라고는 상상조차 못했네. 하물며 내 기쁨의 컵 밑바닥에 비통한 현실이 잠복하고 있으리란 것을 짐작이라도 했겠나.

마차가 조국의 언덕과 계곡들을 뒤로 한 채 해안으로 나를 싣고 갔을 때 그녀는 내 곁에 앉아 있었지. 기쁨에 넘친 사흘 동안 그녀는 나와 함께 베이루트를 떠돌아다녔어. 내가 멈추

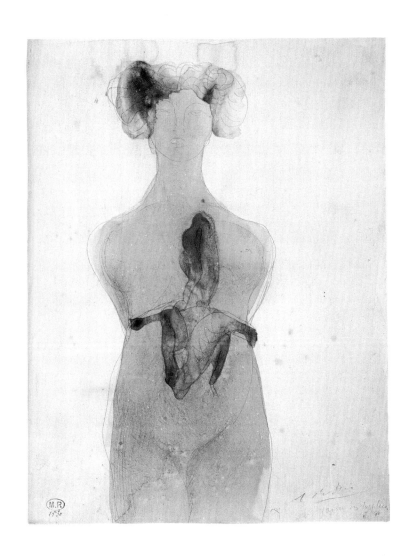

스승과 제자

213

면 따라 멈추고, 내 친구가 내게 말을 걸면 웃으며 줄곧 나와 같이 있었네. 내가 여관 발코니에 앉아 도시를 내려다보고 있을 때도 그녀는 내 곁에서 몽상에 잠겨 있었지.

그런데 마악 배를 타려고 했을 때 내게 굉장한 변화가 닥쳐왔네. 어떤 낯선 손이 내 목을 거머쥐고 뒤로 당기는 걸 느꼈어. 곧이어 내 안에서 '돌아와요! 가지 말아요! 배가 출항하기 전에 어서 해안으로 돌아와요!'라고 속삭이는 소리가 들려왔네.

나는 이 목소리를 흘려듣고 말았네. 하지만 배가 닻을 올렸을 때 갑자기 내 자신이 매의 발톱에 걸려 공중 높이 들어올려진 작은 새처럼 느껴졌네.

저녁이 되자 레바논의 산과 언덕이 지평선 너머로 모습을 감추었고 나는 뱃머리 쪽에 혼자 있는 스스로를 보았지. 순간 내 꿈 속 여인, 내 마음이 사랑을 바친 여인, 내 평생 동반자를 찾아보았지만 그녀는 아무 곳에도 없었어. 창공을 응시할 때면 언제나 눈에 보이던 그 얼굴, 고요한 밤에 들려오던 그 목소리, 베이루트 거리를 거닐 때면 언제나 내 손을 잡아주던 그 아름다운 여인—그녀는 더 이상 내 곁에 있지 않았네.

대양을 항해하는 배 위에서 나는 난생처음으로 스스로가 철저히 혼자라는 것을 발견한 걸세. 나는 마음속으로 그녀 얼굴을 볼 수 있으리란 희망을 가지고 갑판 위를 거닐었지. 그러나 아무 소용도 없는 일이었네. 한밤중 다른 모든 선객들이 잠자리에 들었을 때 나는 불안감에 싸여 갑판 위에 혼자 남아 있었네.

그러다 문득 고개를 들었더니 그녀가 나타났어. 뱃머리에서 조금 떨어진 구름 속에 내 삶의 반려자인 그녀가 나를 내려다보고 있었네. 나는 기쁨으로 발을 구르며 두 팔을 활짝 벌리고 외쳤지. '어째서 당신은 날 버렸던 거요, 내 사랑! 그 동안 어디 있었소? 대체 왜 이제야 나타난 거요? 부디 내 곁에 있어주오. 날 또다시 외롭게 버려두지 마오!'

그녀는 꼼짝도 하지 않았네. 얼굴에는 이전엔 내가 한 번도 본 적 없는 슬픔과 고통의 흔적들이 가득했다네. 부드럽고 슬픈 말투로 그녀가 이렇게 말하더군. '마지막으로 당신을 보려고 대양의 심연에서 올라왔어요. 이제 당신은 선실로 내려가 잠을 청하세요.'

그녀는 말을 마친 뒤 구름 속으로 사라졌다네. 나는 미친 듯이 그녀를 불러댔네. 사방으로 팔을 벌렸지만, 무거운 밤공기만을 껴안았을 뿐이라네.

나는 마치 내면으로부터 광포한 생명력이 밀려왔다간 다시 휩쓸려나가는 것을 느끼면서 침대 속으로 들어갔지. 그 순간 절망으로 가득한 거친 파도 위에 던져져, 전혀 낯선 세계를 항해하는 기분이었네.

참 이상한 일이지만, 그러면서도 나는 베개를 베자마자 잠이 들었어.

곧바로 꿈을 꾸었는데, 십자가처럼 생긴 사과나무를 보았네. 그리고 내 인생의 반려자인 그녀가 마치 십자가에 못 박힌 듯 거기 매달려 있는 걸 보았지. 두 손에선 핏방울이 떨어져내렸고 두 발등 위로는 무수한 꽃잎들이 떨어져 있었다네.

항해는 밤낮으로 계속되었지. 나는 마치 꿈을 꾸고 있는 것 같았네. 내가 진짜 살아 있는 인간인지, 아니면 구름 낀 창공을 떠도는 유령인지 확실히 알 수 없었지. 몹시 외롭고 두려웠네. 그리하여 그녀의 목소리를 들려달라고, 혹은 그림자만이라도 보게 해달라고, 그 부드러운 손가락 감촉을 내 입술에 느끼게 해달라고 신께 기도했네.

항해를 떠난 지 열나흘이 지나도록 여전히 나는 외로웠네. 보름째 되는 날 오전에 멀리 이탈리아 해안이 눈에 들어오더군. 해질 무렵 배는 항구에 도착했네. 요란스럽게 치장한 곤돌라를 타고 마중나온 사람들이 우리 일행들을 도시로 실어 갔네.

베니스는 주변 무수한 작은 섬들 가운데 있는 물 위의 도시라네. 이곳에서 곤돌라는 유일한 운송 수단이지. 곤돌라의 사공은 내게 어디로 갈 것이냐고 물었어. 내가 베니스 시장을 만나러 가는 길이라 했더니, 그는 몹시 당혹스러운 눈으로 날 쳐다보더군. 곤돌라가 운하를 뚫고 나아갈 때, 밤은 그 검은 망토로 도시를 휘감고 있었네. 궁전과 교회당의 열린 창문에서 반짝이는 불빛이 물 위에 부딪혀 도시는 마치 시인의 꿈처럼 매혹적이고 신비로운 형상으로 비쳐지더군. 곤돌라가 두 운하가 만나는 정류소에 이르렀을 때 갑자기 교회 종소리가 들려왔네. 내 비록 영혼이 지쳐 모든 현실감각을 잃어버린 상태였지만 그 종소리는 내 가슴을 꿰뚫고 들어오는 느낌이었네.

이윽고 포장도로로 이어지는 대리석 발판에 곤돌라를 매어둔 사공이 바로 앞에 보이는 거대한 궁전을 가리키며 말하더군. '당신의 목적지는 저곳입니다.' 나는 천천히 궁전으로 이어지는 계단을 올라갔지. 사공이 내 짐을 들고 뒤따라왔네. 드디어 문 앞에 이르렀을 때 나는 그에게 감사 인사를 하고 삯을 치렀지.

나는 벨을 눌렀고, 곧 문이 열렸네. 그런데 안으로 들어서

스승과 제자

자마자 어디선가 구슬픈 울음소리가 들려오더군. 나는 몹시 곤혹스러웠네. 나이 지긋한 하인이 다가와 슬픔에 잠긴 목소리로 무슨 일로 왔느냐고 묻더군. '여기가 시장 댁이오? 내가 이렇게 묻자 그는 예의 바르게 목례를 하더군. 나는 레바논 총독의 친서를 그에게 보여주었네. 그걸 보더니 하인은 어딘가로 들어가더군. 나는 그가 안으로 들어간 뒤 다른 하인에게 안에서 울음소리가 들리는 까닭을 물었지. 그랬더니 그는 시장의 따님이 바로 그날 목숨을 잃었다 말하면서 얼굴을 가리고 비통하게 눈물짓더군.

온갖 희망과 절망 사이를 떠돌며 대양을 건너온 사람이, 잔혹하게 슬픈 망령이 깃든 궁전 앞에 섰을 때 심정을 상상해보게나. 그토록 먼 길을 달려온 그를 기다리고 있던 것이 오직 죽음의 흰 날개뿐일 때, 그 심정은 어떠했겠나?

잠시 후 접견실로 들어갔던 늙은 하인이 돌아왔네. 그가 정중하게 예의를 갖추며 '시장님이 당신을 기다리십니다'라고 말하더군.

그는 복도 맨 끝에 있는 문으로 날 안내하더니, 안으로 들어가라는 몸짓을 했어. 접견실에는 몇몇 사제들과 고관들이 있었는데, 하나같이 깊은 침묵에 빠져 있었네. 흰 수염을 길게 기른 노신사가 방 한가운데서 걸어나오며 내게 악수를 청했어. '애석하게도 우리가 불행한 운명에 처해 있을 때 당신을 맞이하는군요. 오늘 우린 세상에서 가장 사랑스러운 딸을 잃었답니다. 하지만 우리가 당한 고통으로 인해 당신에게 누를 끼치고 싶진 않습니다. 안심하고 쉬십시오. 가능한 한 최선을 다해 당신을 돕겠습니다.'

나는 그에게 고맙다는 인사와 함께 깊은 조의를 표했네. 곧 그는 내게 의자를 권했고 나는 그 말없는 사람들과 한 자리에 있었네.

사람들의 슬픈 얼굴과 비통한 한숨소리를 듣고 있자니, 내 마음도 비탄과 애도하는 감정이 가득 차더군.

얼마 안 되어 문상객들은 차례로 떠나고, 방 안에 딸을 잃은 슬픔으로 망연자실한 시장과 나만 남았지. 나 역시 곧 그곳을 떠날 채비를 했네. 그런데 시장이 나를 붙잡고 간청을 하는 것이네. '친구여, 제발 부탁이니 가지 말아주오. 이렇듯 슬픔에 잠긴 우리를 이해할 수 있다면, 부디 우리와 함께 있어주시오' 하고.

그 말에 나는 깊이 감동했네. 나는 기꺼이 청을 수락하는 뜻으로 그에게 절을 했네. 그랬더니 그가 이런 말을 하더군. '레바논 사람들은 이방인에게 가장 인심이 후한 사람들이오. 나는 그대들의 후덕한 인심에 대해서 익히 알고 있소. 아무쪼록 친절과 성의를 다해 당신을 대접하겠소.' 시장이 말을 마친 뒤 종을 울리자 곧 훌륭한 제복을 입은 시종이 나타났네.

'동쪽 끝 방으로 손님을 안내하게. 손님께서 이곳에 머무는 동안 불편한 점이 없도록 각별히 유의하고.'

시종은 주인의 명령에 따라 호사스럽게 꾸민 널따란 방으로 날 안내했네. 그가 방에서 나간 뒤 나는 소파에 파묻혀 이런 저런 상념에 빠져들었네. 고향 땅에서 멀리 떨어진 낯선 이국 땅에 도착하자마자 겪은 그 짧은 순간의 일들이 주마등처럼 뇌리를 스쳐갔지.

잠시 후 시종이 은쟁반에 저녁식사를 가져왔더군. 나는 저녁을 먹고 나서 방안을 거닐었다네. 이따금 창문으로 베니스 하늘을 내다보기도 하면서, 곤돌라를 운행하는 사공들의 고함

소리와 흥겹게 노 젓는 소리에 귀 기울이기도 했지. 그런 가운데 졸음이 밀려오더군. 나는 지친 몸으로 침상에 누워 망각 속에 스스로를 맡겼네. 반은 잠에 취하고 반은 깨어 있는 몽롱한 상태였지.

그렇게 몇 시간이 흘러갔는지 모른다네. 영혼이 지나는 삶의 폭 넓은 공간은 인간이 재는 시간으로는 측정할 수 없으니 말일세. 다만 그때 내가 느꼈고, 지금도 분명히 말할 수 있는 건 나 자신이 비참한 조건 속에 놓였다는 사실이네.

불현듯 내 머리 위에서 떠도는 망령의 존재를 느꼈네. 확연하게 모습이 드러난 것은 아니지만 어떤 천상의 영혼이 나를 부르고 있단 걸 깨달았다. 나는 일어섰네. 그러고는 마치 신성한 힘에 이끌리듯 홀 쪽을 향해 걸었네. 그 모든 것이 내 의지와는 상관없이 이루어진 일이었네. 시간과 공간을 벗어난 세계를 여행하는 기분이었네.

홀 끝에 있는 문을 열었더니 커다란 방이 나타나더군. 그 방 한가운데 촛불과 흰 꽃다발로 둘러싸인 관이 있었네. 나는 관 옆에 무릎을 꿇고 앉아 죽은 이의 얼굴을 바라보았네. 그런데 거기에 바로 내 사랑하는 여인이 누워 있지 않겠나. 죽음의 장막에 가려진 내 삶의 오랜 반려, 내 사랑, 그토록 내가 숭배했던 여인이 거기 있었단 말일세. 그녀가 흰 수의를 감고, 흰 꽃들에 둘러싸여 차디찬 주검으로 시대의 침묵에 묻혀 있었네.

'오오, 사랑의 주님이여, 삶과 죽음의 주님이여! 우리 영혼의 창조자시여! 당신은 우리 영혼을 광명과 암흑으로 인도하십니다. 우리 가슴에 평화를 안겨주기도 하고, 희망과 고통이 세차게 고동치게도 하십니다. 이제 당신은 이 차디찬 주검 형

현자의 목소리

220

스승과 제자

태로 제 젊음의 반려를 보여주셨나이다. 주여, 당신은 저를 고향에서 끌어내 낯선 이국땅에 데려다놓고, 삶을 지배하는 죽음과 기쁨을 말살하는 슬픔의 힘을 보여주셨나이다. 당신은 제 가슴 속 황야에 흰 백합을 심어주셨다가, 아득한 벼랑 끝에서 시들게 하셨나이다.'

오오, 내 고독과 소외의 친구들이여, 하느님은 내가 인생의 쓴잔을 마셔야 한다고 생각하셨다. 그분의 뜻은 이루어질 것이다. 우리는 끝 없는 창공 속에 떠도는 연약한 원자에 불과하다. 그리하여 우리는 신의 섭리에 따르고 순종하는 수밖에 도리가 없는 것이다.

우리가 서로 사랑을 한다 해도 사랑은 우리 내부로부터 나오지도 않고, 우리를 위해 존재하는 것도 아니다. 기쁨 또한 우리 안에 있는 것이 아니라 인생 자체에 있는 것이다. 설사 우리가 고통을 당한다 해도 고통은 우리 상처 속에 있지 않고, 바로 자연의 가슴속에 있는 것이다.

내가 이야기를 하면서 신의 의지를 불평하는 것은 아닐세. 삶을 의심하는 자만이 불평을 말하는 법일세. 그렇지만 내 삶에는 확고한 믿음이 있네. 나는 삶의 모든 술잔에 섞인 비통의 가치를 믿네. 나는 내 가슴을 꿰뚫는 아름다운 슬픔을 믿네. 나는 내 영혼을 으스러뜨리는 저 강철과도 같은 손가락의 궁극적인 자비를 믿네.

어떻게 하면 내 이야기의 끝을 맺을 수 있을까? 사실은 끝이 없는 이야기였으니 말일세.

나는 거의 넋이 빠진 채 관 앞에 무릎을 꿇고 앉아 그 천사 같은 얼굴을 응시하며 밤을 꼬박 지새웠네. 날이 밝아올 무렵에야 일어나 내 방으로 돌아왔지. 영원의 무게에 짓눌려 기가 꺾이고, 인간다운 고통으로 처참히 무너지는 나 자신을 추스르면서.

그로부터 3주일 뒤 베니스를 떠나 레바논으로 돌아왔네. 그때 나는 마치 커다랗고 넓은 침묵의 심연에서 끝 없는 세월을 보내고 온 기분이었네.

그러나 환상은 남아 있었네. 나는 오직 죽음에 의해서만 그녀를 다시 보게 되었지만, 그녀는 여전히 내 마음 깊은 곳에 살아 있었지. 나는 그녀 그림자 속에서 일하고 배웠네. 제자여, 내가 어떤 일을 했는가는 그대가 잘 알지 않나.

나는 스스로 깨우친 지식과 지혜를 내 이웃과 그들의 통치자들에게 전하기 위해 애썼네. 레바논 통치자인 알하리스에게 불의에 으스러진 민중들의 절규를 깨우쳐 주고, 교회와 정부 관리들이 저지른 악행을 일깨웠지.

나는 그에게 선조들이 했듯 자비와 덕과 이해로써 백성들을 다스리라고 충고했네. '인민은 우리 왕국의 영광이며, 부의 원천입니다.' 나는 그에게 이런 말과 함께 '통치자는 그의 땅에서 네 가지 것, 즉 분노·탐욕·어리석음·폭력을 추방해야 합니다'라는 충고를 덧붙였지.

결국 나는 그렇게 통치자에게 불경스런 충고를 했다는 이유로 쫓겨났고 교회에선 파문을 당했네.

알하리스는 그 뒤로 잠 못 이루는 밤이 많았지. 그는 자주 창가에 서서 명상에 잠기곤 했네. 이 얼마나 놀라운 현상인가! 그렇게도 많은 별들이 무한 속으로 사라졌다! 대체 누가 이 신비스럽고 놀라운 세계를 창조했단 말인가? 멀리 떨어진 유성들은 서로 어떤 관계에 있는 것일까? 나는 누구며, 어째서 이곳에 있는 걸까? 이 모든 것에 대한 의문이 알하리스의 내면을 온통 뒤흔들어 놓았던 걸세.

어느 날 문득 그는 자신이 내게 내린 형벌을 기억해냈고, 그 가혹한 처사를 돌이켜 생각했지. 그는 내게 사람을 보내어 용서를 빌었네. 그리고 모든 백성 앞에서 내 손에 황금열쇠를 쥐어주며 나를 자신의 고문으로 추대했지.

유형지에서 보낸 지난 몇 년의 일에 대해 나는 아무런 유감도 없네. 진리를 추구하고 인류를 깨우치려는 사람은 고통을 당하게 마련이니까. 내 슬픔은 동포의 슬픔을 이해하도록 나를 깨우쳐주었네. 어떤 박해나 추방도 내 꿈을 없애지는 못했네.

그리고 이제 나는 지쳤네…….”

스승은 자신의 이야기를 끝마치며 제자를 물러가게 했다. 제자의 이름은 알 무타다로 귀의자란 뜻을 갖고 있다. 스승은 옛 추억으로 몸과 마음이 지쳐 잠자리로 돌아가 쉬었다.

스승의 죽음

2주일쯤 지나 스승은 앓아누웠다. 수많은 추종자들이 그의 건강을 염려하여 암자로 찾아왔다. 군중들은 스승의 거처에서 신부와 수녀, 의사, 그리고 알 무타다가 나오는 것을 보았다. 스승의 총애를 받던 제자가 그의 죽음을 알렸다. 군중들은 눈물을 흘리며 곡소리를 냈지만 알 무타다는 한마디 말도 없었다.

한동안 알 무타다는 굳은 표정으로 생각에 잠겼다. 얼마 후 그는 연못 옆에 있는 바위 위에 서서 이렇게 말했다.

“그대들은 지금 막 스승이 돌아가셨단 비보를 들었습니다. 불멸의 예언자께선 영원한 잠 속으로 돌아가신 것입니다. 이

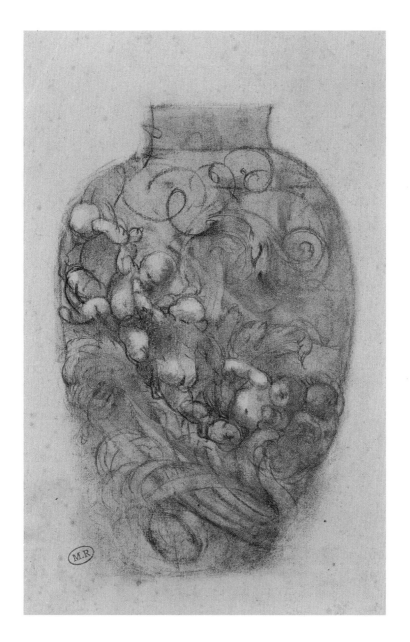

스승과 제자

225

제 그 축복받은 영혼은 온갖 슬픔과 고통을 벗고, 저 높은 영혼의 천국에서 우리를 지켜보고 계십니다. 그분의 영혼은 비로소 고된 육체에서 벗어났으며, 속세의 노역으로부터 해방되신 것입니다.

스승께선 이 속세를 떠나 영광의 옷을 몸에 두르시고, 고난과 역경에서 벗어나 다른 세계로 가셨습니다. 이제 우리는 어디서도 그분을 볼 수 없고, 그분 목소리를 들을 수 없습니다. 그분은 당신을 지극히 연모하는 이들이 거주하는 영혼의 세계에 살고 계십니다. 이제 스승께선 새로운 우주 속에서 지식을 모으고 계실 것입니다. 이 새로운 우주의 아름다운 역사는 언제나 스승을 매혹했으며, 스승께선 언제나 그곳 언어를 깨우치기 위해 노력하셨지요.

이 속세에서 영위한 그분의 삶은 하나의 위대한 행위로 이은 사슬이었습니다. 그것은 끊임없이 사색하는 삶이었고, 스승께선 조금도 쉬지 않으셨습니다. 그분은 일을 사랑하셨고, 그것을 눈에 보이는 사랑이라 정의하셨답니다.

그분의 영혼은 불침번의 무릎 위가 아니면 잠시도 편안히 쉴 수 없는 목마른 영혼이었습니다. 그분의 마음은 친절과 열성이 넘치는 사랑이었습니다.

이것이 바로 그분의 일생이었습니다…….

그분은 영원한 가슴으로부터 나온 지식의 샘물과도 같은 존재였으니, 이 샘에서 흘러나온 순결한 지혜의 시내가 우리 영혼을 싱그럽게 적셔준 것입니다. 이제 그 샘물은 영원한 삶의 해안에 다다랐습니다. 스승을 위해 그분의 귀향에 눈물 흘리는 훼방꾼은 되지 말도록 합시다!

그대들이 눈물 흘리고 애도할 사람들이 삶의 성전 앞에서는 자신들의 땀으로 땅을 기름지게 한 적이 한 번도 없는 이들 뿐이란 걸 새겨 두십시오.

그러나 스승께선 어떠하셨습니까. 그분은 인류의 이익을 위해 평생 하루도 빠짐없이 피땀 흘려 일하지 않으셨던가요? 그분의 순결한 지혜의 샘에서 아무것도 얻지 않은 사람이 그대들 가운데 한 사람이라도 있습니까? 그러므로 만약 그대들이 그분 일생을 욕되게 하지 않겠다면, 그분의 축복받은 영혼을 위해 찬미가를 불러드릴지언정 결코 구슬프게 울지는 마십시오. 만약 그대들이 그분을 우러러 알맞은 제물을 바치고 싶다면, 그분께서 이 세계에 유산으로 남기신 지혜로운 책들에 담긴 지식의 일부분이라도 가져가십시오.

천재에게는 무엇이든 주려 하지 말고 그저 받으십시오! 그렇게 하는 것만이 그대들이 그분을 영예롭게 해드리는 길입니다. 그분을 위해 슬픈 눈물을 흘리지 말고 기쁘게 보내드리시고, 그분의 지혜를 깊이 들이켜십시오. 그래야만 그분에게 알맞은 경의를 보이는 것입니다."

제자의 말을 듣고 난 군중들은 미소 띤 얼굴로 집으로 돌아갔다. 저마다 가슴속에는 감사 노래를 가득 담은 채.

알 무타다는 이 세상에 홀로 남았다. 그러나 고독은 결코 그 영혼을 잠식하지 못했다. 스승의 목소리가 언제나 그의 귓가에 맴돌고 있기 때문이다. 그 목소리는 그에게 자신의 뒤를 이어 모든 사람들 마음속에 예언자의 가르침을 심어놓으라고 속삭였다. 그는 오랜 시간 스승이 남긴 두루마리를 펼쳐보며 명상에 잠겼다. 그 속에는 온갖 지혜로운 말들이 담겨 있었다.

40일 동안 명상을 마친 뒤 알 무타다는 스승의 암자를 떠났다. 그리고 고대 페니키아의 크고 작은 도시들을 두루 떠돌아 다니기 시작했다.

어느 날, 그는 베이루트의 시장바닥을 가로지르고 있었다. 군중들이 그 뒤를 따랐다. 그가 널따란 공터에 멈춰서자 군중들이 그를 둘러쌌다. 그는 스승의 목소리로 그들에게 가르침을 전하기 시작했다.

"내 가슴의 나무는 무수한 열매로 무거워졌노라. 그대들, 배고픈 자들이여, 와서 이 과실들을 따서 배불리 먹도록 하시오…… 와서 내 가슴이 주는 선물을 받아가시오. 그리하여 내 짐을 가볍게 해주시오. 내 영혼은 금과 은으로 짓눌려 있도다. 숨겨진 보물을 찾는 자들이여, 와서 지갑을 채우시오. 그리하여 나를 자유롭게 풀어주시오…….

내 가슴은 오래 묵은 포도주로 넘쳐흐르고 있도다. 오시오, 목마른 자들이여, 와서 그대들의 갈증을 채우시오.

어느 날 나는 온갖 진귀한 보석들을 손에 들고 성전 앞에 서 있는 부자를 보았소. 그는 지나가는 모든 행인들에게 그 보석들을 흔들어 보이며 이렇게 말했소. '나는 불쌍한 인간이오. 그러니 나를 돕고 싶다면 이 보석들을 내게서 가져가시오. 이것들은 내 영혼을 병들게 하고 내 가슴을 차가운 얼음덩이로 만들어버렸소. 제발 나를 불쌍히 여겨 이것들을 가져가시오. 그리하여 나를 다시 태어나게 해주시오.'

그러나 행인들은 아무도 그 외침에 귀 기울이지 않았소.

그때 나는 그를 바라보며 이런 생각을 했다오. '차라리 베이루트 거리를 헤매는 거지가 저보다 나았으리라. 저렇듯 떨리는 두 손을 뻗쳐 적선을 구하지만 결국은 빈손으로 집에 돌아가는구나.'

현자의 목소리

스승과 제자

나는 어떤 부유하고 착한 다마스커스 족장이 아라비아 황야에서 산등성이 옆에다 천막을 치는 것을 보았소. 저녁에 그는 노예에게 거리의 여행자들을 천막으로 데려오라 했소. 그들에게 안식처를 제공하기 위해서였소. 그러나 천막으로 가는 길이 워낙 험한 탓에 손님 한 사람도 데려오지 못했던 거요.

　나는 그 외로운 족장에 대해 곰곰이 생각했소. '차라리 거리의 부랑아가 되는 편이 그보다는 나았을 것을……. 텅 빈 물통을 들고 거리를 헤매다 후미진 도시의 쓰레기더미 옆에서 동료들과 사이 좋게 빵을 나누어 먹는 게 저보다는 나았겠지…….'

　레바논에서는 아침 일찍 잠에서 깨어나 값비싼 옷으로 꾸민 통치자의 딸을 보았소. 그녀의 목에선 사향 내음이 진하게 풍겨나왔소. 그녀는 사랑할 사람을 찾아 궁전 정원을 거닐고 있었소. 정원에 깔린 풀에 맺힌 이슬방울들이 그녀의 옷자락을 젖게 했다오. 그러나 가엾게도 모든 신하들 가운데 그녀를 사랑하는 사람은 한 사람도 없었소.

　통치자의 딸이 그토록 가련한 처지에 있는 것을 보며 나는 속으로 이렇게 생각했소. '차라리 농부의 딸이었다면 한결 나았을 텐데. 아침이면 양떼를 몰고 나가 풀을 먹이고, 저녁노을을 바라보며 집으로 돌아오는 허름한 옷자락에는 대지의 향기가 흠씬 배어 있을 게 아닌가? 그렇다면 적어도 아버지의 오두막에서 살짝 빠져나와 냇가에서 그녀를 기다릴 연인을 향해 밤의 침묵 속으로 달려갈 수 있으련만.'

　내 가슴의 나무에는 너무 많은 과일이 열렸도다. 오라, 그대 굶주린 영혼들이여, 와서 이 과실을 배불리 먹고 굶주림을 면하라. 내 영혼은 오래된 포도주로 넘쳐흐르고 있도다. 오라, 오, 그대 목마른 가슴들이여, 와서 마음껏 마시고 갈증을 식힐지어다……

차라리 꽃도 피지 않고, 열매도 맺지 않는 한 그루 나무였다면 다산(多産)의 고통보다 한층 모진 불모(不毛)의 비통을 겪지 않아도 될 것을. 또한 부자의 고통은 가련한 빈자의 불행보다 한층 더 끔찍한 것을.

차라리 메마른 우물이 되어 사람들이 밑바닥에 돌을 던질 수 있다면 좋으련만. 목마른 입술을 축여주지 못하는 맑은 샘보다는 텅 빈 우물이 한층 나은 것을.

내 차라리 인간의 발길에 부서진 갈대피리나 될 것을. 손가락은 물집투성이에, 음악엔 귀머거리인 사람 집에 놓인 수금(竪琴)이 되는 것보단 그 편이 훨씬 나으리라.

오오, 그대들, 내 나라의 아들딸들이여. 예언자의 목소리를 들을지어다. 그대들 가슴의 땅에 이 말들을 새겨놓으시오. 그리하여 지혜의 씨앗들이 그대들 영혼의 정원 안에서 꽃피우게 하시오. 그것이야말로 주님의 고귀한 선물이니."

알 무타다의 명성은 얼마 안 되어 온 땅에 퍼졌다. 많은 사람들이 그에게 경의를 보이고, 심지어 다른 나라에서 온 추종자들도 위대한 스승의 대변인이 하는 말에 귀를 기울였다.

의사들과 법률가, 시인, 철학자들은 거리에서나 교회에서 또는 회교 사원이나 유대교 집회소 따위 사람들이 모이는 곳이면 어디서나 늘 그를 압도할 만큼 많은 질문을 던졌다. 알 무타다의 주옥 같은 말은 그들의 정신을 풍요롭게 가꿔주었고 이 말은 곧 입에서 입으로 널리 퍼졌다.

그는 그들에게 삶의 본질에 대해 이렇게 말해주었다.

"인간은 바닷물 위에 일렁이는 파도 거품과 같도다. 바람이 불면 거품은 사라져버리니, 그것은 마치 존재하지 않았던 것과 같으니라. 이렇듯 우리 삶도 죽음에 불려가 사라져버리도다…….

삶의 실체는 삶 그 자체이니, 자궁 속에서 시작하는 것도 아니요, 무덤 속에서 끝나는 것도 아니다. 지나가는 세월은 영원한 삶의 한순간에 불과하다. 또 물질 세계에 속한 그 모든 것은 우리가 죽음이라 부르는 깨우침에 비하면 하나의 꿈일 뿐이다.

대기는 우리 가슴에서 나오는 모든 웃음과 한숨소리를 실어 메아리를 남기니, 그 메아리는 기쁨의 원천이요, 모든 입맞춤에 대한 화답이다.

천사들은 슬퍼 흘리는 눈물을 빠짐없이 보상해줄 것이니, 끝 없는 창공에 떠도는 영혼에게 우리가 애정으로 지은 기쁜 노래를 들려주리라.

거기, 미래 세계에서 우리는 모든 감정이 울리고 영혼이 움직이는 걸 보고 느낄 것이니, 우리 안에 담긴 신성(神性)한 뜻을 깨달아 알리라. 우리 모두 절망에 이끌려 한탄해 마지않는 그 신성을.

오늘 우리가 죄진 가운데 나약함이라 부르는 우리 행위는, 내일은 인간 본질의 굴레 안에서 하나인 고리로 나타나리라.

삶이란 아무런 보상도 받지 못하는 고된 노역과도 같은 것, 그러나 그것은 먼 훗날 눈부시게 훌륭히 빛나며 우리를 영광스럽게 하리라. 우리가 참고 견디는 고난은 승리의 꽃다발로 우리 머리 위에 얹히리라……."

현자의 목소리

스승과 제자

알 무타다는 말을 마친 뒤 군중들로부터 물러나 잠시 쉬려 했다. 그때 그는 곤혹스러운 눈으로 한 아리따운 처녀를 보는 젊은 남자를 발견했다.

그는 그 젊은 남자에게 물었다.

"그대는 인류가 서로 믿는다고 고백하는 그 많은 신앙 때문에 혼란스러운 것인가? 어긋나는 신앙 계곡에서 넋을 잃기라도 했는가? 그대는 이단의 자유가 복종의 멍에보다 덜 무겁다고 생각하는가? 또 저항의 자유가 순종의 요새보다 안전하다고 여기는가?

만약 그렇다면, 아름다움을 그대 종교로 삼으라. 그녀를 신으로 숭배하라. 아름다움이야말로 우리가 눈으로 볼 수 있는 명백하고 완전한 하느님의 수공품이기 때문이다. 그대는 하느님의 신성을 마치 가짜인 듯 여겨 탐욕과 오만에 차서 희롱하는 사람들을 떠나라. 대신 아름다움의 신성을 숭배하라. 그것은 곧 그대 삶에 대한 숭배요, 그대가 굶주린 행복의 원천이기 때문이다.

아름다움 앞에서 그대 죄를 뉘우쳐라. 아름다움은 그대 가슴을 여인의 보좌 곁에 더욱 가까이 데려다줄 것이니, 여인은 그대의 애정을 비추는 거울이요, 생명의 본향인 자연 법칙에 따라 그대를 가르치는 스승인 것이다."

떠나기 전 그는 군중들을 향해 덧붙였다.

"이 세상엔 어제의 사람들과 내일의 사람들, 두 종류의 인간이 있다. 형제들이여, 이들 가운데 그대들은 어느 쪽에 속하는가? 그대들이 과연 빛의 세계로 들어가고 있는 사람들인지, 아니면 어두운 땅으로 가는 사람들인지 판단할 수 있도록 해다오. 그대들은 누구이며, 무얼 하는 사람들인가 내게 말해다오.

그대는 '내 자신의 이익을 위해 내 조국을 이용해야지' 하고 스스로 다짐하는 정치가들인가? 그렇다면 그대는 다른 사람들 육체를 좀먹는 기생충에 불과한 존재요, 아니면 그대는 마음속으로 '나는 충실한 종처럼 내 나라를 섬기고 싶다'고 외치는 헌신적인 애국자인가? 그렇다면 그대는 여행자들의 갈증을 채워줄 사막의 오아시스 같은 존재다.

그대는 사람들의 필요로부터 이득을 끌어내고, 싼값에 물건을 사들여 터무니없는 값으로 되파는 상인인가? 그렇다면 그대 집이 궁전이든 감옥이든 아무 문제 되지 않을 것이다. 그대는 파렴치한 인간이기 때문이다.

그대는 농부와 직공들로 하여금 그들이 빚은 물품을 교환할 수 있게 하고, 물건을 살 사람과 팔 사람 사이를 중개하여 정당하게 자신과 이웃을 이로이 하는 정직한 사람인가?

만약 그렇다면, 그대가 다른 사람들로부터 찬양을 받건 비난을 당하건 조금도 중요한 일이 아닐 것이다. 그대는 올바른 사람이기 때문이다.

그대는 신앙의 단순함을 자신의 육신에 덧입은 주황빛 의상으로, 신앙의 온정을 자신의 머리를 빛내는 황금 왕관으로 만든 종교 지도자인가? 또한 자신은 사탄 소굴에 살고 있으면서 사탄을 증오하노라고 공공연히 떠벌려대는 사람은 아닌가? 그렇다면 그대가 하루 종일 탄식하며 온밤 내내 기도한들 헛된 일이 될 것이다. 그대는 이단에 빠져 있기 때문이다.

그대는 사람들의 미덕 속에서 온 국민의 선행을 이끌어내기 위한 토대를 찾아내는 성실한 사람인가? 그리고 그대는 저들의 영혼에서 성신(聖神)으로 인도하는 완벽에로 가는 사다리를 볼 수 있는가? 그렇다면 그대는 진리의 정원에 피어난 한 송이 백합 같은 존재다. 따라서 그대 향기가 사람들을 취하게 하든 공기 중에 흩어져 영원히 떠돌아다니든 아무래도 괜찮은 일이다.

그대는 자신의 원칙을 노예시장에 내다 팔고, 가십과 나쁜 범죄를 먹고사는 저널리스트인가? 그렇다면 그대는 마치 썩은 고기를 향해 게걸스럽게 덤비는 독수리와 같은 인간이다.

그대는 과거의 영광을 인류에게 전하고, 또 가르치는 것을 몸소 실천하면서 역사의 가파른 계단 위에 선 교사인가? 그렇다면 그대는 병든 인간을 살리는 강장제요, 상처입은 가슴을 다독거리는 진정제와 같다.

그대는 그대가 다스리는 백성들을 하찮게 여기며, 그들 주머니를 강탈하거나, 혹은 그대 자신의 이익을 위해 그들을 착취할 때가 아니면 한 발짝도 움직이려 하지 않는 통치자인가? 그렇다면 그대는 국가의 타작마당에 솟아난 강아지풀 같은 인간이다.

그대는 백성들을 사랑하고, 언제나 그들을 보호하며, 그들이 좀더 행복하게 살 수 있도록 최선을 다하는 헌신적인 머슴인가? 그렇다면 그대는 땅의 곡식 창고를 지키는 축복과 같은 존재이다.

그대는 자신의 부정은 정당한 것이라 여기면서, 아내의 부정은 죄악이라 생각하는 남편인가? 그렇다면 그대는 동굴 속에서 짐승의 가죽으로 알몸을 덮고 살던 야만인과 마찬가지로다.

그대는 늘 아내 곁에 있으며 자신의 모든 생각과 기쁨을 나누는 성실한 반려자인가? 그렇다면 그대는 이른 새벽부터 걸어 국가의 정의와 이성과 지혜의 정오로 가는 사람과 같도다.

스승과 제자

그대는 시대의 누더기와 쓸모없는 폐물로 가득 찬 과거의 심연 속에 뇌를 처박고 있으면서 머리로는 군중들을 내려다보는 작가인가? 그렇다면 그대는 고인 물과 같은 사람이로다.

그대는 자신의 내면을 사려깊게 통찰하며 모든 쓸모없고 낡은 것, 사악한 것들을 던져버리고 유용하고 선한 것만을 쫓는 사상가인가? 그렇다면 그대는 굶주린 자를 위한 달고 맛있는 과실이면서, 목마른 자를 위한 차고 맑은 물이로다.

그대는 소음처럼 공허한 구호를 외치는 시인인가? 그렇다면 그대는 피에로처럼 눈물로 우리를 웃게 하고, 웃음으로 우리를 울릴 것이다.

아니면 그대는 천상의 음악으로 이웃들의 영혼을 어루만져 그에게 삶의 아름다움을 한층 일깨워주는 천부적 자질을 타고난 예술가인가? 그렇다면 그대는 우리 길을 비춰주는 횃불이요, 가슴속 감미로운 동경이며, 우리 꿈속 신성한 예언자로다.

이렇게 인류는 긴 두 줄로 갈라지는 것이니, 그 한쪽은 지팡이에 몸을 의지한 채 삶의 정상을 향해 오르는 사람들로 이루어졌다. 그 삶의 행로는 산꼭대기로 올라가는 것처럼 부산스럽지만, 실제 그들은 아득한 심연 속으로 추락하고 있도다.

두 번째 행렬은 발에 날개가 달린 듯 민첩한 젊음으로 이루어졌다. 이들은 마치 목구멍이 은의 현(絃)으로 퉁겨지듯 아름답게 노래하며, 어떤 마법의 힘에 이끌리듯 손쉽게 산정으로 올라가도다.

형제들이여, 이 두 행렬 가운데 그대는 어느 쪽에 속하는가? 그대는 밤의 침묵 속에 홀로 있을 때 스스로에게 이 물음을 던질지어다.

현자의 목소리

그대는 어제의 노예인지 아니면 내일의 자유인에 속하는지 그대 스스로 판단할지어다."

마침내 알 무타다는 자신의 암자로 돌아갔다. 그는 스승이 남긴 두루마리에 쓰인 지혜의 말씀을 되뇌면서 몇 달이나 은둔하여 살았다. 참으로 그는 많은 것을 배웠다. 그러나 아직도 자신이 깨우치지 못한 많은 일들이 세상에 널려 있었다. 심지어 스승으로부터 직접 들어본 적이 없는 사실들도 많이 있음을 발견했다. 그는 좀더 완벽히 공부해 스승이 가르쳐준 모든 진리에 이를 때까지, 그리하여 많은 이들에게 그것들을 모두 전할 수 있을 때까지 결코 암자를 떠나지 않을 결심이었다. 그 후 알 무타다는 자기를 둘러싼 모든 것을 잊고, 베이루트의 시장바닥과 거리에서 자신의 말을 경청하던 모든 이들과 자기 자신마저 잊은 채 스승이 한 말씀을 마음에 새기는 데 열중하게 되었다.

많은 추종자들이 그에게 접근하려 애썼지만 허사였다. 마운트 레바논의 총독이 관리들에게 연설을 해달라는 구실로 불려들였을 때도 그는 거절했다.

"모든 사람들을 위한 특별 메시지를 가지고 곧 그대에게 돌아가리다." 이 말로 거절의 뜻을 밝혔다.

총독은 알 무타다가 암자에서 내려오는 날 모든 시민들은 집과 교회에서, 또는 회교 사원과 유대교 집회소, 학교에서 그를 영예롭게 환영해야 하며 그가 전하는 메시지에 한 사람도 빠짐없이 귀를 기울이라 일렀다. 왜냐하면 그가 바로 예언자의 목소리를 전할 것이기 때문이었다.

마침내 알 무타다가 암자에서 나와 입을 열었다. 이 날은 모든 사람들에게 기쁨과 축제의 날이었다. 알 무타다는 거침없이 자신의 주장을 펼쳤다. 그는 사랑과 형제애에 관한 복음을 전했다. 감히 그를 국가에서 내쫓으려거나 교회에서 파문하겠다고 위협하는 사람은 아무도 없었다.

어쩌면 스승이 처했던 운명과 이다지 다른 것인가! 결국 사면령을 받고 되돌아오긴 했지만 추방과 파문이 저 위대한 스승의 운명이 아니었던가!

알 무타다의 말은 곧 레바논 전역에 퍼졌다. 훗날 그의 말은 편지글 형식의 책으로 만들어졌다. 그리고 이 책은 고대 페니키아와 그 밖의 아라비아 지방으로 널리 퍼졌다. 편지글 일부는 스승의 고유한 말씀을 기록한 것이나, 그 밖의 지혜와 학식에 관한 것들은 고대 저서로부터 스승과 제자가 함께 채집한 것이었다.

스승과 제자

현자의 말씀

인생에 대하여

인생은 고독이라는 대양 위에 뜬 한 점 섬과 같다. 그 섬 바위들은 희망이요, 수목들은 꿈이고, 꽃들은 고독이며, 시냇물은 갈증이로다.

형제들이여, 그대들 삶은 다른 모든 섬과 영토에서 멀리 떨어진 외톨이 섬이니, 그대들의 해안을 떠나 다른 지방으로 가는 배들이 아무리 많고 그대들의 해안에 잠시 머무는 배들이 많다한들 그대들은 여전히 비통한 고독에 묻혀 행복을 바라는 한 점 외로운 섬으로 남았을 뿐이다. 동포들조차 그대들의 존재를 알지 못한다. 그대들은 그들의 동정과 이해로부터 그렇게도 멀리 떨어져 있는 것이다.

나의 형제여, 나는 그대가 황금의 동산에 올라앉아 자신의 부(富)를 과시하며 우쭐해하는 모습을 보았노라. 그대가 쌓은 황금이 다른 사람들의 욕망과 그대의 탐욕을 이어주는 보이지 않는 끈이 되리라 믿어 그대는 안심하고 있으리라.

나는 그대가 위대한 정복자로서 적의 요새를 함락하여 자신의 군대를 이끄는 모습을 보았노라. 그러나 나는 마음의 눈으로, 황금 금고 뒤에서 그리움에 젖는 고독한 영혼을 보았노라. 황금 새장에 갇힌 한 마리 목마른 새. 그 앞에 놓인 물 접시는 텅 비어 있도다.

나의 형제여, 나는 보았노라, 그대가 영광의 보좌에 앉아 그대의 위엄을 칭송하는 백성들에 둘러싸여 있는 것을. 그들은 그대의 위대한 공적을 찬양하고, 그대의 지혜를 찬미하면서 마치 예언자를 살피듯 그대를 바라보았노라. 그런 이유로 저들의 기쁨은 창공을 찌를 듯 높아만 가도다.

그대가 그대 백성들을 응시하고 있을 때, 나는 그대 얼굴에서 행복과 승리의 표정을 보았노라. 그대는 마치 그들의 영혼과도 같았노라.

그러나 다시 한 번 그대에게 눈길을 돌렸을 때, 보라. 그대의 보좌에 고독만 남아 있지 않는가. 그대는 추방당한 이가 안식을 구걸하듯 보이지 않는 유령들에게 자비를 비는 것처럼 사방으로 손을 뻗치고 있었다.

나의 형제여, 나는 보았노라. 그대가 아름다운 여성에게 매혹당해 그녀의 사랑스러운 제단에 가슴을 기대고 있는 모습을. 모성의 사랑으로 가득 찬 그녀가 그대를 보는 것을 알았을 때, 나는 이렇게 되뇌었노라. "사랑이여, 오래오래 머물러 이 남자의 외로움을 걷어가고, 두 사람 마음을 하나로 맺어 주소서."

다음에 나는 사랑에 빠진 그대 가슴속에 또 하나의 고독이 존재하는 것을 보았노라. 그 가슴은 한 여성에게 혼자만의 비밀을 고백하고자 헛되이 울고 있었다. 그대의 사랑 가득 찬 영혼 뒤에 또 다른 영혼이 구름처럼 떠돌며, 자기 고독이 연인의 눈 속에서 눈물이 될 수 있기를 헛되이 소망하는 것 또한 보았노라.

나의 형제여, 그대는 다른 사람들과 동떨어진 외딴 곳에 산다. 어떤 이웃의 시선도 속을 꿰뚫어볼 수 없는 그대의 외로운 집. 설사 그 집이 암흑에 싸이더라도 그대의 이웃들은 램프를 들어 그 속을 비출 수가 없다. 그대의 양식 창고가 텅 빈다 해도 그대 이웃들의 곡식으로는 그것을 채워줄 수 없다. 만약 그대가 거친 황야에 살고 있다 해도 그대는 다른 사람이 손수 가꾼 정원으로 거처를 옮길 수 없다. 설사 그대 집이 산 꼭대기에 있다 해도 그대는 사람들의 발길이 오가는 계곡 아래로 집을 옮겨놓을 수는 없다.

나의 형제여, 그대의 정신적 삶은 고독으로 둘러싸여 있다. 바로 이런 소외와 고독이 아니었던들 그대는 그대 자신이 될 수 없었을 테고, 나 역시 이 모습으로 존재할 수 없었으리라. 내 이렇듯 홀로 외로운 처지가 아니었다면 나는 그대 목소리를 듣고도 그것이 내 목소리인 줄로만 믿었을 것이다. 혹은 그대 얼굴을 보면서, 나는 그것이 거울에 비친 나 자신이라 생각할 수도 있지 않겠는가.

인간의 법에 희생당한 순교자

그대는 슬픔의 요람에서 태어나 불운의 무릎에서 자란 사람인가? 그대는 억압의 집에서 사는가? 그리하여 눈물에 젖은 빵을 먹고 있는가? 피와 눈물로 뒤범벅된 물을 마시는가?

그대는 가혹한 인간 법률에 순응해 처자식을 버리고 전장으로 끌려가는 병사인가? 무릇 위정자들이 국민의 임무라고 부르는 것은 실상 그들의 탐욕인 것을.

그대는 종이와 잉크만 있으면 밥을 굶어도 행복을 느끼는 시인인가? 동포들에겐 알려지지 않은 채 이방인처럼 살아가는?

그대는 하찮은 범죄 때문에 토굴 감옥에 갇힌 죄수인가? 오

현자의 말씀

245

히려 인간을 타락하게 만듦으로써 개조했다고 믿는 사람들의 올가미에 걸린?

그대는 신에게 아름다움을 받았지만, 비열한 부자들의 욕정에 희생당할 운명에 처한 젊은 여인인가? 그대의 마음이 아닌 그대 육체를 탐하는 이들로 인해 비참과 곤궁에 버려진?

만약 그대가 이들 중 하나라면, 그대는 인간의 법률에 희생당한 가련한 순교자로다. 그처럼 참혹한 현실은 강자가 저지른 불법, 폭군의 억압, 부자의 야만, 또 탐욕스런 이들과 호색한이 부린 이기가 빚어낸 결과인 것을.

그대를 위로하라. 사랑하는 약자들이여, 이승 너머에는 위대한 힘이 존재한다. 바로 정의와 자비, 그리고 연민과 사랑인 것이다.

그대, 그늘에서 자라는 화초여. 부드러운 산들바람이 그대의 씨를 햇빛 속으로 날라주리라. 그리하면 다시금 그대는 아름다움 속에서 살게 되리라.

그대, 겨울의 눈을 이고 고개 숙인 헐벗은 나무여. 봄이 다시 찾아와 그 푸르른 옷으로 그대를 덮어주리라. 그러면 진리가 그대 눈물의 장막을 찢으리라. 나는 그대들을 내게로 끌어들이노니, 가련한 내 형제들이여, 내 그대들을 사랑하노라. 그런 이유로 나는 그대들을 핍박하는 자들을 규탄하노라.

사상과 명상

삶은 우리를 한 곳에서 다른 곳으로 이끈다. 운명은 우리를 집어올려 이곳저곳으로 끌고 다닌다. 우리는 이 삶과 저 운명 사이에 잡힌 채 우리가 가는 길이 온갖 장애와 역경으로 가로막힌 걸 보고 그저 두려움에 가득 찬 비명을 지를 뿐이다.

아름다움은 마치 영광스런 보좌에 앉은 여왕처럼 어디서나 확연히 모습을 드러낸다. 그러나 그녀의 순결한 왕관은 욕망의 이름으로 땅에 떨어지고, 탐욕에 찌든 인간들은 악행으로 그녀의 옷을 더럽힌다.

사랑은 온화한 옷깃을 스치며 우리 곁을 지나간다. 그러나 우리는 공포를 느끼며 도망치거나 혹은 어둠 속에 몸을 숨긴다. 설사 그 뒤를 쫓는다 해도 오직 사랑의 이름으로 악을 저지르기 위한 것일 뿐.

가장 슬기로운 사람조차 사랑의 중량에 몸을 굽힌다. 그러나 실상 사랑은 레바논의 미풍처럼 가볍고 기분 좋은 것을.

자유는 우리에게 풍성한 음식과 향기로운 포도주를 권한다. 그러나 우리는 식탁에 앉자마자 그것들을 게걸스럽게 먹어치워 결국은 물리고 만다.

자연은 그 신비로운 팔을 뻗치며 자신의 아름다움을 즐기도록 권한다. 그러나 우리는 그 침묵이 두려워 혼잡한 도시로 뛰어든다. 그러고는 마치 사나운 이리를 피해 다니는 양처럼 혼잡 속에 틀어박힌다.

진리는 아이의 순진무구한 웃음과 사랑하는 이의 입맞춤을 통해 우리를 부른다. 그러나 우리는 그 바로 앞에서 애정의 문을 닫아걸고 참진리를 외면한다.

가슴을 잃은 인류는 누군가의 도움을 구하고, 절망에 빠진 영혼은 애타게 구조를 기다린다. 그럼에도 우리는 그 소리를 듣지도 못하고 이해도 못한다. 만약 그 소리를 듣고 이해하는 사람이 있다 해도 우리는 그를 미친 사람으로 여겨 지레 겁을 먹고 도망쳐 버린다.

많은 밤이 흐르고, 우리는 방심 속에서 살아간다. 새로운 날들이 우리를 감싸지만 우리는 끊임없는 두려움 속에 떨어야만 한다.

신은 그 가슴의 문을 활짝 열고 있건만 우리는 땅 위에 달라붙어 떨어질 줄 모른다. 굶주린 영혼이 우리 자신들을 갉아먹고 있는데도 우리는 인생의 빵을 짓밟고 있으니.

삶이란 인간에게 얼마나 좋은가. 그러나 우리 인간은 그로부터 얼마나 멀리 떨어져 있는가!

첫 시선에 대하여

그것은 바로 취한 삶에서 깨어나는 순간이고, 마음 깊은 곳을 밝히는 첫 번째 불꽃이다. 그것은 마음 속 은빛 시위를 당기는 마법의 첫 울림이고, 흘러간 시간을 영혼 앞에 펼쳐 숨겨온 내면의 비밀을 눈앞에 드러내는 짧은 순간이다. 그것은 비밀이 미래로 내딛는 열린 첫걸음이다. 그것은 사랑의 여신 이슈타르가 던진 한 알의 씨앗이다. 그 씨앗은 사랑하는 이의 시선으로부터 사랑의 들판에 뿌려져 애정으로 길러지고 영혼에 의해 거두어진다.

사랑하는 이가 보내는 첫 시선은 주께서 물 위를 떠도는 정령에게 '거기 있으라'는 말 한마디를 하면, 하늘과 땅에서 여지없이 멈추는 모습과도 같다.

현자의 말씀

첫 입맞춤에 대하여

그것은 여신이 채워준 잔에서 맨 처음 맛보는 감로수의 첫 모금이다. 그것은 정신을 혼란에 빠뜨리고 마음을 흐리게 하는 의심과, 자아가 기쁨으로 넘치는 확신 사이를 나누는 경계다. 삶을 그린 노래가 울려 퍼지고, 인간의 이상을 품은 드라마가 펼쳐질 것이다. 그것은 무지했던 과거와 미래의 통찰력을 하나로 맺고 잠잠했던 감정으로 하여금 노래하게 할 것이다. 마음에 보좌를, 사랑에 왕위를, 믿음에 왕관을 수여하는 그대 입술에서 흘러나온 말 한마디다. 장미 같은 입술 위로는 섬세한 손길처럼 부드러운 바람이 묻어난다. 또 그 바람은 긴 안도의 한숨과 달콤한 한탄의 속삭임이 아니더냐.

그것은 연인을 현실의 같은 세계로부터 꿈같은 세상으로 이끌어주는 마법스런 진동이다.

그것은 향기로운 두 송이 꽃이 하나가 되는 순간이다. 이 두 가지 향기가 녹아 하나로 합친 뒤 제3의 영혼을 창조하는 것이다.

첫 시선이 마음의 들판에 여신이 뿌린 씨앗이라면 첫 입맞춤은 삶의 나무 꼭대기에 핀 첫 번째 꽃송이와 같다.

결혼에 대하여

이제 사랑은 삶의 기쁨을 노래한다. 이 노래는 밤에 만들어 낮에 부르는 달콤한 찬송이다. 그로부터 사랑의 갈망은 그 장막을 벗고 마음 깊숙한 곳을 비춘다. 신을 맞을 때 맛보는 영혼의 행복 밖에 어떤 행복과도 견줄 수 없는 행복을 창조하면서.

결혼은 두 개의 신성(神性)이 결합하는 순간이다. 그로부터

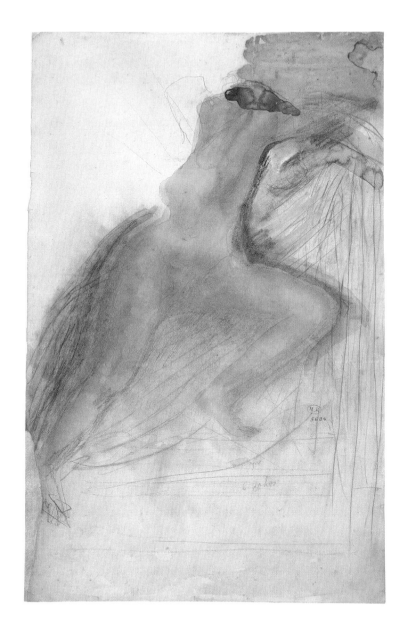

현자의 말씀

제3의 신성이 지상에 창조되는 것이다. 그것은 서로 떨어져서 멀어졌던 사이를 극복하기 위해 굳센 사랑으로 영혼을 하나로 맺는 서로 다른 두 정신이 하나로 닮아가는 차원 높은 어울림이다. 그것은 한 번의 눈맞춤으로 시작해 영원히 끝나지 않는 황금 굴레다. 그것은 신성한 자연 들판을 축복하려 맑은 하늘에서 쏟아지는 순결한 비다.

처음 본 사랑하는 이의 눈길은 마음에 뿌리는 씨앗이요, 첫 입맞춤은 삶의 나뭇가지에 핀 한 송이 꽃과 같듯, 결혼으로 맺은 두 사람이 하나 되는 것이란, 마음의 텃밭에 핀 첫 꽃이 맺은 열매와 같다.

인간의 신성에 대하여

자연은 개울과 시냇물의 속삭임으로 봄을 전하고, 화초들은 웃으며 봄을 노래하기 시작했다. 그리고 인간의 영혼은 잔뜩 행복에 취했다.

그러나 갑자기 자연은 사납게 변해 아름다운 도시들을 거칠게 만들었다. 결국 인간은 달콤하고 정다웠던 자연을 잊었다.

짧은 사이 자연은 수 세대에 걸쳐 이룬 모든 것을 부쉈다. 끔찍한 종말이 인간과 짐승을 죽음의 발톱 밑에 짓밟아버렸다.

휘몰아치는 불길은 문명을 모두 태워버렸다. 깊고 무서운 밤은 잿빛 수의(壽衣) 아래 삶의 아름다움을 감춰버렸다. 무시무시한 자연의 사나운 발아래 인간과 그가 만든 모든 것들이 깡그리 무너졌다.

대지의 내장에서 터진 무서운 천둥이 몰아칠 때, 어떤 가엾은 영혼이 이 비참과 파멸 가운데 서 있었다. 그녀는 메마른 지구를 보며 신의 전능함과 나약한 인간에 대해 슬픔에 가득 빠져 있었다. 그리고 땅 밑, 창공의 먼지에 숨은 인간의 적에 대해 깊이 고뇌했다. 이곳저곳에서 어머니들의 탄식과 굶주린 아이들이 울부짖는 소리가 들렸다. 그녀는 야만스러운 자연에 맞서 초라한 인간의 고통을 함께 맛보았다.

불과 어제까지만 해도 아이들은 저들 집에서 편안히 잠들어 있지 않았던가. 그러나 오늘 그들은 집 없는 피난민 신세가 되어 아름다웠던 도시를 바라보며 울부짖고 있다. 그들의 희망은 절망으로 바뀌었고, 기쁨은 슬픔이 되었으며, 평화로운 삶은 전쟁으로 변했다. 그녀는 슬프도록 아픈 절망의 강철 발톱에 찔려 상처 입은 사람들과 똑같은 고통을 느꼈다.

그녀의 영혼은 번민에 사로잡혀 모든 힘을 하나로 묶는 신성한 법의 정의를 의심하면서 침묵의 귀에 대고 속삭였다.

"이 모든 창조의 뒷면에 파멸을 낳는 영원한 진리가 있다. 허나 그것은 동시에 미리 알 수 없는 아름다움을 낳기도 할 것이다.

이 땅에 닥친 불과 벼락, 태풍은 인간에 대한 대지의 증오와 악의 시샘과 같다. 재해를 입은 나라에 슬피 우는 소리가 메아리치는 동안 나는 흘러간 시간의 무대에서, 자연이 알린 경고와 불행한 재난을 떠올렸다.

오랜 시간 인간들은 땅 위에 끊임없이 도시와 신전을 지었다. 나는 보았다. 대지는 이 모든 것들을 향해 분노를 터뜨렸다. 결국 그 억센 손아귀로 이 모든 것들을 다시 잡아채가고만 것이다.

나는 사람들이 난공불락의 성들을 쌓거나, 벽을 칠하는 예술가들을 지켜보기도 했다. 그 다음 땅이 그 큰 입으로 눈부시고 탁월한 솜씨의 천재가 이룬 모든 것들을 삼켜버리는 광경을 목격했다.

대지란 자신의 아름다움을 뽐내기 위해 인간이 만든 보석 따위를 거부하는 매혹적인 신부와 같았다. 이 신부는 오직 푸른 잎사귀로 만든 옷과 바닷가 황금빛 모래, 그리고 산 속의 값진 돌만으로도 충분히 어여쁘게 자신을 꾸밀 수 있다.

그럼에도 신성을 지닌 인간은 파멸 한가운데서 땅의 분노와 자연의 횡포를 비웃으며 마치 거인처럼 우뚝 서 있었다.

인간은 스스로 빛의 기둥이라도 된 듯 바빌론과 니네베, 팔미라와 폼페이의 폐허 속에 버티고 선 채 불멸의 노래를 불렀다.

대지여, 얼마든지 빼앗아가라.
원래 그대 자신 것이었던 것을.
그래도 나, 인간은 멸망하지 않으리."

이성 (理性)과 지식에 대하여

이성의 속삭임에 귀 기울여라. 구원은 거기에 있다. 이성의 의견을 이로이 여겨라. 그러면 무장한 장수처럼 강해질 것이다. 이성보다 더 나은 길잡이도 없고 더 강한 무기도 없다. 깊은 내면에 자리한 이성의 외침을 듣는다면 그대 자아는 욕망을 극복할 수 있다. 그는 신중한 부하요, 충실한 길잡이요, 현명한 상담원이다. 이성은 어둠 속 광명이요, 분노는 빛 가운데 암흑이다. 어느 때건 현명하게 처신하라. 충동을 버리고 이성을 그대의 길잡이로 하라.

설사 이성이 그대 편이라 할지라도 지식이 없다면 오직 무

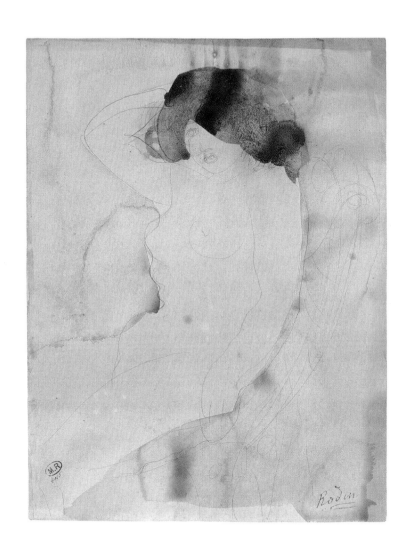

현자의 말씀

력할 뿐이라는 사실을 새겨라. 지식은 이성과 한 핏줄이다. 지식이 없다면 이성은 집 없는 신세, 이성 없는 지식은 무방비 상태의 집이다. 또한 사랑이나 정의나 선(善)조차 거기에 이성이 곁에 없다면 아무 소용없다.

박식한 이라도 판단이 흐리면 무기 없이 전쟁터로 가는 병사와 다를 바 없다. 격정에 사로잡힌 분노는 그가 속한 집단의 맑은 생명수에 독을 탈 것이다. 맑은 물로 채운 항아리 속에 든 독초 씨앗 꼴이다.

이성과 박식은 육체와 영혼 관계와 같다. 육신이 없다면 영혼은 바람처럼 공허할 뿐이다. 또한 영혼 없는 육신은 빈 상자와 다르지 않다.

학문 없는 이성은 일구지 않은 버린 땅이고, 영양실조에 걸린 몸처럼 쇠약하다.

이성은 시장바닥에서 사고파는 상품이 아니다. 상품은 많을수록 가치가 떨어진다. 그러나 이성은 양이 많을수록 가치가 올라간다. 만약 이성을 시장에 내놓는다면 오직 현자만이 그 참다운 가치를 알 것이다.

바보는 어리석은 것밖에 보지 못하고, 미치광이는 광기에 싸여 모든 것을 받아들인다. 어제 나는 한 어리석은 이에게 우리 가운데 바보가 몇이 있는지 세어보라 했다.

그 어리석은 이는 한껏 웃으며 이렇게 말했다.

"그건 너무 어렵고 시간도 오래 걸릴 게요. 차라리 현명한 사람들을 헤아리는 게 더 낫지 않겠소?"

현자의 목소리

현자의 말씀

그대의 참다운 가치를 알지어다. 스스로를 꿰뚫어 볼 줄 아는 자는 결코 멸망하지 않으리. 이성은 그대의 빛이요, 진리의 등대, 삶의 원천이다. 신이 그대에게 지식을 주셨으니, 그대는 이 진리의 빛으로 신을 경배하게 되리라. 그리하여 그대에게 있는 약함과 강함도 스스로 찾아 볼 수 있을 것이다.

만약 그대가 자신의 눈 속 티끌을 찾지 못하면, 그대 이웃의 눈에서도 그걸 발견하지 못하리라.

날마다 그대의 양심을 들여다보며 잘못을 바로 잡아라. 만약 이 임무를 해내지 못한다면, 그대는 스스로에게 성실하지 않은 것이다.

적은 그대 내부에 있다. 주의 깊게 자신을 지켜라. 그대가 만약 자기 열정을 통제하고 양심의 명령에 따를 줄 모른다면, 그대 자신을 다스리는 것도 배우지 못할 것이다.

언젠가 나는 어떤 박식한 이가 말하는 것을 들었다.
"세상 모든 악을 치유한대도 어리석음만큼은 고칠 수 없다. 고집 센 바보를 꾸짖거나 어리석은 이에게 설교하는 것은 물 위에 글을 쓰는 것처럼 의미 없는 일이다. 그리스도는 장님과 절름발이, 중풍 환자와 문둥병 환자를 낫게 했다. 그러나 그분께서도 바보는 고치지 못했다.

온갖 방면으로 의문을 탐구하라. 그러면 확실히 어디에 무슨 잘못이 있는지 알 수 있을 것이다.

그대 집 앞문이 넓다면 뒷문이 너무 좁지 않은지 살펴라. 눈앞에 지나가는 기회를 놓친 자는, 귀한 손님이 가까이 오는 걸 보면서도 마중나가려 하지 않는 이와 같다."

신은 악하지 않다. 그분은 늘 과실과 파멸로 만든 덫에서 우리가 스스로를 지킬 수 있도록 이성과 학식을 베푼다.
이성의 건물을 짓도록 신에게 허락받은 사람들이야말로 축복받은 이들이다.

음악에 대하여

나는 사랑하는 이 곁에 앉아 그녀의 속삭임에 귀를 기울이고 있었다. 내 영혼은 무한한 공간을 떠돌아다니기 시작했다. 그곳에선 우주가 꿈처럼 보였고 육신은 좁은 감옥으로 보였다. 사랑하는 이의 매혹적인 목소리가 내 가슴속으로 스며들었다.
음악이란 그런 것이니, 오, 벗들이여, 나는 사랑하는 이의 입술에서 새어 나오는 한숨과 그 아름다운 속삭임을 통해 음악을 늘었노라.
나는 음악을 들으면서 내 연인의 마음을 들여다본다.

벗들이여, 음악은 영혼의 언어이니, 그 가락은 마음의 현을 사랑으로 떨게 하는 상쾌한 산들바람이다.
음악의 부드러운 손길이 감정을 두드리면, 우리는 오랫동안 잊었던 추억들을 떠올린다. 슬픈 가락은 쓸쓸한 회상을 일깨우고, 고요한 가락은 시간 밑바닥에 깔려 있던 아름다운 추억을 불러온다. 소중한 사람과의 이별을 앞두고 듣는 음악은 우리를 울리고, 혹은 신이 내려준 평화 속에서 우리를 웃음 짓게도 한다. 음악의 혼은 정신(spirit)이요, 그 마음은 감정

(heart)이라.

신이 인간을 창조했을 때 모든 언어와는 다른 독특한 언어로써 인간에게 음악을 선사했다. 인간은 일찍이 음악의 영광에 취했고, 음악은 제왕들을 옥좌로부터 황야로 내려오도록 이끌었다.

인간의 영혼은 여린 꽃이 되어 운명의 자애로운 바람을 탄다. 그리하여 새벽 미풍에 떨면서 이슬방울에 고개를 떨구는 것이다.

영원한 지혜와 영광을 찬미하는 새의 노래는 인간을 선잠에서 깨우고 그들과 함께 노래하기를 청한다.

음악은 그대 책에 적힌 신비의 뜻을 스스로 찾아보게 만든다.

노래하는 새들은 들판의 꽃들을 부르는 걸까? 혹은 나무들에게 말을 걸거나 시냇물의 속삭임에 화답하는 것일까? 인간의 처지로는 그 비밀을 풀기 힘들다. 우리는 새가 말하는 것을 알아들을 수 없고, 시냇물이 무얼 속삭이는지, 느릿느릿해안으로 와 부딪치는 파도가 무얼 소곤거리는지 알 수 없기 때문이다.

우리는 나뭇잎들 위로 비가 떨어지거나, 혹은 빗방울이 유리창을 때릴 때 어떤 말을 하는지 알 수 없다. 또한 산들바람이 들녘의 꽃들에게 무슨 말을 하는지도 도무지 모른다.

그러나 인간의 가슴은 자신의 감정을 움직이는 이런 소리들이 품은 뜻을 느낀다. 영원한 지혜는 종종 인간에게 신비스런 언어로 말을 건다. 영혼과 자연이 서로 대화하는 동안 인간은 말없는 당혹감에 빠져 있을 뿐.

우리는 이런 소리에 울지 않았던가?

현자의 목소리

현자의 말씀

그 눈물이야말로 우리가 자연을 이해했음을 대변해주는 게
아닌가?

성스러운 음악이여!
사랑의 여신이여

비탄과 연모의 꽃병이여

인간의 꿈이며
슬픔의 열매여

환희의 꽃이며
감정의 향기여, 개화여

연인들의 달콤한 입술이며
비밀의 계시자여

숨긴 사랑 때문에 흐르는
눈물의 어머니여

시인이며 작곡가, 건축가들의
영감의 원천이여

언어의 편린 속,
사상의 합일이여

아름다움을 낳는
사랑의 설계자여

꿈의 세계에 취한
마음의 술이여

전사(戰士)들의 선봉장, 영혼의 영양
자비의 대양이며, 애정의 바다여

오오, 음악이여
우리는 그대 심연에 마음과 영혼을 맡기노라.
그대는 귀로써 보고 마음으로 듣는 법을
가르쳤노라.

지혜에 대하여

하느님을 사랑하고 그를 우러르는 사람은 지혜로운 이다.
한 인간의 가치는 그 지식과 행위에 있는 것이지 피부색이나
신앙, 인종, 혹은 혈통과는 상관없다. 기억하라, 친구여, 많
은 지식을 쌓은 목동의 아들은 무지한 왕위계승자보다 한층
중요한 가치를 지니고 있는 법. 지식은 그대 부모가 어떤 사
람이건, 또한 그대가 어떤 인종이건 참다운 특권을 줄 것이
다.

어떤 폭군도 그대 지식을 앗아갈 순 없다. 오로지 죽음만이
그대 안에 밝힌 지식의 등불을 꺼버릴 수 있으리. 한 나라의
참다운 부(富)는 그 나라에 쌓인 금은(金銀)의 양이 많고 적

음에 있지 않고, 백성들의 학문과 지혜와 정직 가운데 있는 것이다.

풍요로운 정신은 인간의 얼굴을 아름답게 가꿔주며, 동경과 존경을 불러일으킨다. 모든 정신은 온갖 움직임과 눈빛으로 드러난다. 외모나 말씨, 행동은 결코 우리 자신의 본 모습보다 낫지 않다. 영혼은 우리의 집이기 때문이다. 우리 두 눈은 집 안을 훤히 들여다볼 수 있는 창이요, 말씨는 마음의 심부름꾼이다.

지식과 이해는 결코 그대를 배반하지 않는 성실한 삶의 동반자다. 지식은 그대의 빛나는 왕관이 되고, 이해는 그대의 충직한 신하가 되리라. 그대가 이 두 가지를 다 갖는다면, 그대는 세상에서 가장 귀중한 보물을 얻은 것이다.

그대를 이해하는 이야말로 형제보다 한층 더 가까운 사람이다. 그대의 혈육조차 그대를 완전히 이해하지 않고, 그 진정한 가치를 흘려버릴 수 있다.

무지한 사람과 친하게 사귀는 것은 주정뱅이와 다투는 것만큼 어리석은 짓이다.

하느님이 그대에게 지성과 지식을 주셨나니. 은총의 등불을 끄지 말고 지혜로 타는 촛불이 어두운 육욕과 어리석음 탓으로 사라지지 않도록 하라. 슬기로운 사람은 자신의 횃불을 들고 인류의 길을 밝혀주는 법이다.

현자의 목소리

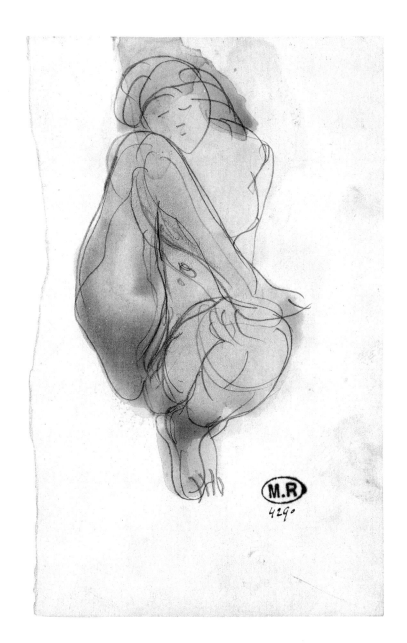

현자의 말씀

잊지 마라, 악마는 맹목적인 백만 명의 신자들보다 단 하나의 올바른 인간을 훨씬 더 두려워한다.

작은 지식이나마 실천하는 이는 많은 지식을 갖고도 게으른 자보다 큰 가치를 지니고 있다.

만약에 그대의 지식이 사물의 가치를 가르쳐주지 않는다면, 물질의 구속으로부터 그대를 자유롭게 하지 못한다면 결코 진리의 보좌 가까이 갈 수 없으리라.

그대의 지식이 나약함을 이겨내도록 가르치지 않고, 그대 이웃들을 바른 길로 인도하도록 가르치지 않는다면 그대는 심판의 날까지 참으로 하잘것없는 인간으로 남으리라.

현자에게 배운 지혜의 말들로 그대 삶을 채우라. 입으로만 떠벌리지 말고, 듣고 배운 것을 실천하라. 스스로도 이해 못하는 것을 입으로만 되풀이 말하는 사람은 무거운 책을 등에 실은 당나귀나 마찬가지이다.

사랑과 평등에 대하여

가엾은 친구여, 가난은 그대에게 그토록 불행을 안겨주지만 실은 참다운 인생을 알아가는 것임을 깨우친다면, 그대는 자기 운명에 만족하게 되련만. 그대는 자기 운명에 만족하게 되련만.

나는 정의로운 지식에 대해 말하고자 한다. 부자란 부를 쌓는 데만 골몰하여 이러한 지식을 따르는 것이 불가능하다.

또한 나는 인생의 이해에 대해 말하고자 한다. 무릇 강한 자는 올바른 진실을 실천하지 못한다. 그러기엔 너무나 열심히 권력과 영광을 쫓기 때문이다.

기뻐하라, 나의 가난한 친구여. 그대는 살아 있는 정의요,

그대 일생은 훌륭한 교과서이기 때문이다. 그러므로 슬퍼하지 말라, 친구여. 그대는 그대가 우러르는 사람들 속에 담긴 덕의 원천이요, 그대를 가르치는 사람들은 오히려 성실한 그대를 보고 배운다.

그대를 절망에 빠뜨린 불행이, 그대 마음을 비추고 그대 영혼을 조롱으로 찬 구렁텅이에서 숭배의 옥좌로 들어 올려 주리라는 것을 아는가. 그러하다면 그대는 주어진 삶에 좌절하지 않고 오히려 그 불행으로 하여 지혜로운 이가 될 수 있으리라.

삶이란 온갖 다른 모양의 고리들로 엮인 하나의 사슬과 같은 것. 슬픔은 현실에의 순응과 미래의 약속된 희망을 엮는 황금 고리인 것이다.

그것은 선잠과 깨어남 사이에 놓인 여명이다.

가엾은 내 이웃이여, 가난은 고결한 정신을 드러내지만, 부는 사악함을 보인다. 슬픔이 그대를 부드럽게 하고, 기쁨이 상처 입은 가슴을 감싸주리라. 세상 모든 슬픔이 없어진다면 인간의 영혼은 이기심과 탐욕이란 글자 외에는 아무것도 새기지 않은 빈 명판(銘板)이나 마찬가지다.

인간의 참자아는 신성에 있다는 것을 기억하라. 아무리 많은 황금을 주어도 살 수 없고 부자들의 곳간처럼 쌓아올릴 수도 없는 것이다. 부자는 제 근성을 저버릴망정 황금을 놓지 않는다. 또한 오늘날 젊은이들은 오로지 자기만족과 쾌락을 추구한다.

내 사랑하는 빈자(貧者)들이여, 그대들이 하루 노동을 끝내고 집으로 돌아와 가족과 함께 시간을 보내는 것이야말로 가장 성실한 삶이다. 그것은 앞날에 모든 가족이 누릴 행복의 상징이로다.

부자는 무덤 속 구더기의 삶처럼 오직 황금을 쌓기 위해 애쓴다. 진정 그것은 재앙이로다.

슬퍼하는 내 친구여, 그대가 흘리는 눈물은 망각을 구하는 사람의 웃음보다 순결하고, 차가운 비웃음보다도 달콤하다. 이러한 눈물은 증오띤 벌레로 가득 찬 우리 가슴을 씻어주고, 비탄에 잠긴 이웃의 고통을 함께 하도록 가르친다. 이것이 바로 나자렛 예수가 흘린 눈물이로다.

지금 그대는 부자를 위해 땅을 일구고 씨를 뿌리지만 머지 않아 그 곡식을 모두 얻을 것이다. 만물이 본래 있던 곳으로 돌아가는 것은 자연의 법칙이다.

언젠가 하늘은 그대가 지닌 슬픔을 기쁨으로 바꿔 주리라. 슬픔과 가난은 앞날에 다가올 사랑과 평등의 원천이니라.

사랑과 젊음

인생의 새벽에 있는 한 고독한 젊은이가 책상 앞에 앉아 있었다. 가끔 그는 창 너머 하늘에 박힌 반짝이는 별들을 보고, 처녀를 그린 초상화를 손에 든 채 물끄러미 보기도 했다. 그림의 선과 색채는 과연 거장의 작품이라 할 만했다. 그림은 하나의 정신을 반영하고 있었다. 그림 속 여인은 젊은이에게 세계의 비밀과 영원의 신비를 깨우쳐 주었다.

한순간 여인의 초상이 젊은이를 불렀다. 젊은이의 두 눈은 귀로 변해 방안을 떠도는 정령들의 언어를 이해했고, 가슴은 마법 같은 사랑의 힘에 이끌렸다.

시간은 단지 순간의 아름다운 꿈인 양, 혹은 영원의 삶에서 단 하루가 지나 듯 빠르게 흘렀다.

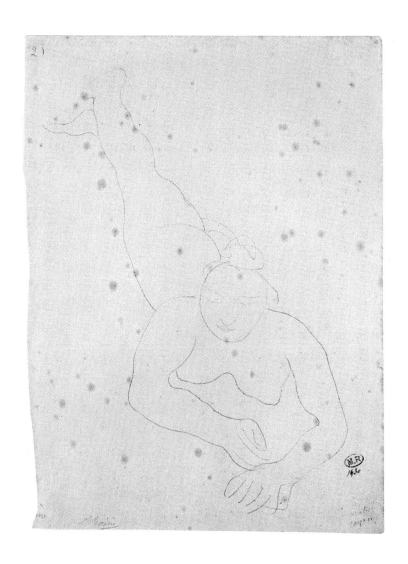

현자의 말씀

젊은이는 그림을 앞에 둔 채 펜을 잡고 마음속 느낌을 양피지 위에 쏟아 부었다.

"사랑하는 이여, 자연을 뛰어 넘은 위대한 진리는 인간의 말로 전하는 것이 아니로다. 사랑하는 영혼들에게 뜻을 전하기 위해 진리는 침묵을 택하는 것이니.

오로지 밤의 침묵만이 가슴을 오가며 사랑을 전갈하고 우리 마음속 찬가를 노래하도다. 신이 영혼을 육신의 포로로 생각하는 것과 같이 사랑은 내게 말의 포로가 되라 하네.

사람들은 말하지, 사랑이란 인간의 가슴속에서 탐욕스럽게 타오르는 불꽃이라고. 오, 사랑하는 이여, 처음 만나는 순간부터 나는 그대를 오래전부터 알고 있었다는 믿음이 있었네. 헤어질 때, 우리를 갈라놓을 만큼 강한 건 아무것도 없다는 것도 깨달았지. 내 눈이 처음 그대에게 머물렀을 때 그대는 익숙한 듯 내게 다가왔지. 우리가 가슴으로 만났던 그 순간 나는 영원히 죽지 않을 영혼을 보았다.

그 순간 자연은 스스로 억압당한 걸로 믿었던 내게서 장막을 걷어 변치 않은 정의를 보여주었네.

기억하는가, 그대, 우리가 함께 앉아 서로 응시하던 시내를. 알고 있는가, 사랑하는 이여, 그 순간 그대 눈길이 내게 사랑은 연민이 아니라 정의로부터 태어나는 것이라고 말해준 것을. 이제 나는 정의가 준 선물이 자비의 그것보다 더 위대하다는 것을 나 자신과 세계를 향해 말할 수 있노라.

또한 형편따라 오가는 사랑은 썩은 연못물과 같다고도 말할 수 있나니.

사랑하는 이여, 위대함과 아름다움만을 창조하는 삶을 내게 보여주오. 우리의 첫 만남으로부터 영원히 지속할 그러한 삶을.

현자의 목소리

270

나는 하느님이 내게 주신 힘의 원천이 바로 그대 안에 있음을 아노라. 그리하여 그 힘은 위대한 말과 행위로 나타나리니, 마치 태양이 우리 삶에 향기로운 꽃들을 보여주는 것과 같도다.

그러므로 그대에 대한 내 사랑은 영원히 변치 않으리.”

젊은이는 자리에서 일어나 경건한 태도로 방을 가로질러 갔다. 그리고 창문 너머로 떠오르는 달을 보았다. 달빛은 부드러운 광채로 드넓은 하늘을 가득 채우고 있었다.

그는 다시 책상으로 돌아와 다음과 같이 썼다.

“사랑하는 이여, 이제 내가 또 다른 모습으로 그대에게 말하더라도 용서해주오. 그대는 나의 아름다운 반쪽이기 때문이오. 그대는 내가 성스러운 하느님 품에서 태어난 이래 언제나 부족했던 바로 그 반쪽인 것을. 용서하오, 내 사랑이여!”

지혜와 나

고요한 밤, 지혜의 여신이 내 방 책상 곁으로 와 섰다. 그녀는 마치 자애로운 어머니처럼 내 얼굴을 들여다보며 눈물을 닦아주었다. 그러고는 이렇게 말했다.

“나는 그대 영혼의 절규를 듣고 위로하기 위해 이곳에 왔노라. 그대의 가슴을 열라, 그러면 내가 빛으로 그 안을 채워주리라. 물을지어다. 그리하면 내 그대에게 진리의 길을 보여주리라.”

나는 그녀에게 물었다.

“나는 대체 누구입니까, 지혜의 여신이시여. 나는 어떻게 해서 이 무서운 곳까지 왔나요? 이 거대한 희망, 이 산더미 같은 책들, 그리고 이 이상한 움직임들은 다 무엇입니까? 마치 비둘기떼처럼 떠올랐다 사라지는 이 생각들은 무엇이지요? 욕망으로 조립해 기쁨으로 기록되는 이 말들은 무엇입니까? 내 영혼을 껴안고 내 가슴을 둘러싸는, 슬프고도 기쁜 이 결론들은 무엇이지요? 내 영혼 가장 깊숙한 은신처를 꿰뚫어 보면서도 정작 내 슬픔은 잊어버리는 이 눈길은 누구의 것입니까? 지나간 날들을 슬퍼하고 어린 시절의 찬가를 부르는 이 목소리는 누구의 것입니까? 욕망을 놀리고 감정을 비웃는 이 젊은이는 대체 누구입니까? 어제의 일을 너무나 쉽게 잊고 오늘의 하찮은 일에 만족하면서 내일을 대비해 천천히 무장하고 있는 그는?

나를 미지의 땅으로 데려가는 이 두려운 세계는 무엇입니까? 우리 육신을 삼키려고 입을 쩍 벌린 채 탐욕스럽게도 영구한 은신처를 준비하는 이 대지는 무엇입니까? 운명의 호의에 만족하고, 죽음이 그의 얼굴을 때릴 때마다 삶의 입술이 맞춰 주길 기다리는 이 인간은 누구입니까? 한순간 쾌락을 위해 일 년을 뉘우치며 살고, 스스로를 잠 속에 빠뜨리는 이 인간은 누구입니까? 암흑에 빠진 바다로 무지의 파도를 헤엄치는 이 사람은 대체 누구란 말입니까?

말해주오, 지혜의 여신이시여, 이 모든 것이 다 무엇인지를."

지혜의 여신은 이렇게 대답했다.

"인간이여, 그대는 저 하느님의 눈으로 세계를 보고, 사상이라는 수단으로 먼 세상의 비밀을 보니, 이것이 바로 무지의

현자의 말씀

열매로다. 들판으로 나가라. 그리고 꿀벌들이 어찌 향기로운 꽃밭 위를 떠도는지, 독수리가 어떻게 먹이를 채가는지 볼지어다. 그대 이웃에 가서, 어머니가 분주하게 일하는 동안 불빛에 홀려 있는 어린이의 모습을 들여다보라. 꿀벌처럼 될지어다. 독수리가 하는 짓을 보며 그대의 봄날을 허비하지 마라. 불빛을 보고 기뻐하는 아이처럼 되라. 그 어머니는 그냥 놓아두라. 그대가 눈으로 보는 모든 것은 그대의 것이고, 지금도 그대 것이로다.

그대를 둘러싼 많은 책과 이상한 움직임, 기분 좋은 생각들은 그대 이전에 존재했던 정신들이 남긴 자취이니라. 그대 입술이 뱉는 말들은 그대와 그대 이웃들을 묶는 사슬 고리이고, 슬픔과 기쁨에 가득 찬 결론들은 그대 영혼 들판에 뿌려놓는 씨앗들이니, 그것은 앞날에 얻으리라.

그대의 욕망을 놀리는 젊은이는 바로 빛을 향해 들어갈 그대 가슴의 문을 연 사람이로다. 인간과 그의 작품을 삼키려고 입을 활짝 벌린 대지는 우리 영혼을 육체의 속박으로부터 해방하는 구원자로다.

그대와 함께 움직이는 세계는 바로 그대 마음이요, 세계 그 자체이니라. 그대가 하찮고 무지하다고 생각하는 인간은 슬픔을 통해 삶의 기쁨을 터득하고 무지로부터 지식을 얻는 하느님의 사자로다."

지혜의 여신은 내 뜨거운 이마에 손을 얹고 마지막 말을 남겼다.

"전진하라. 멈추지 마라. 앞으로 나아가는 것은 곧 완벽에 가까이 다가가는 것이니라. 전진할지어다. 가치 있는 삶의 길 위에 놓인 날카로운 돌들을 두려워 말라."

현자의 목소리

274

Spirits Rebellious
영혼의 반항

그림 : Auguste Rodin

영혼의 반항

신부의 침대

신랑 신부는 교회 밖으로 나왔다. 횃불과 등을 든 사람들이 신랑 신부를 앞서 걸었고, 흥겨워 들뜬 축하객들이 그 뒤를 따랐다.

축하 행렬은 곧 신부의 집에 이르렀다. 고급스런 양탄자가 깔려 있고 번쩍거리는 그릇들과 향기로운 꽃들로 꾸민 우아한 저택이었다. 신랑과 신부가 계단에 오르자, 손님들은 명주실로 짠 양탄자 바닥이나 벨벳 의자에 앉았다.

넓은 방은 사람들로 가득 찼다. 하인들은 포도주를 내오며 분주히 움직였고, 여기저기서 잔을 부딪치는 소리가 났다. 모든 이가 기쁨 속에 싸여 있었다.

음악을 들려줄 연주자들이 도착해 자리를 잡았다. 사람들은 되풀이해 들리는 경쾌한 후렴 연주에 잔뜩 취했다. 하객들은 나직한 한숨을 쉬며 잔잔한 감동의 물결에 휩싸였다.

여인들이 자리에서 일어나 춤을 추기 시작했다. 가느다란 나뭇가지들이 부드러운 바람결에 흔들리듯, 음악을 따라 우아하게 몸을 움직였다.

여인들이 입은 얇은 옷자락이 구름 위에서 물결치는 달빛처럼 하늘거렸다. 춤추는 여인들의 고운 몸짓을 놓칠세라 남자들은 부지런히 눈동자를 움직였다. 젊은 남자들은 마음속으로 그 여인들을 가슴에 안는 상상을 하기도 했다. 그들은 이미 아름다움의 포로가 되어 있었다.

하인들이 다시금 포도주를 날라 왔다. 모두 자신의 욕망을 술잔에 묻고 거침없이 포도주를 들이켰다. 사람들의 움직임에는 생기가 넘쳤고, 목소리가 커지면서 분위기는 한껏 무르익었다.

마침내 도덕이나 절제를 져버렸고, 저마다 어지러운 잡념으로 마음이 들끓어 올랐다. 메마른 영혼에 불이 붙자 그들은 이성을 잃고 마치 줄 끊어진 하프처럼 거친 불협화음을 토해 내고 있었다.

개중에는 마음을 들뜨게 하는 소녀에게 은근히 사랑을 고백하려는 소년이 있는가하면, 저쪽에선 아름다운 여인을 꾀어낼 달콤한 찬탄사를 궁리하는 청년도 눈에 띄었다.

한 중년 남자는 거푸 술잔을 비우며 악사들에게 자신의 젊은 시절을 추억할 선율을 들려달라고 떼쓰고 있었다.

이쪽에선 한 쌍의 남녀가 사랑스런 눈길을 나누었고, 다른 구석에선 머리가 하얗게 센 노파가 외아들의 배필감을 찾으려고 한데 어울려 재잘대는 처녀들을 흐뭇하게 보고 있었다.

창가에서는, 술 취한 남편 몰래 외간 남자에게 찰싹 달라붙은 여인이 밀회를 즐기는 중이었다.

어쨌거나 모든 이들은 술과 유혹의 바다에 몸을 던진 채 어제와 오늘을 모두 잊었고, 걷잡을 수 없는 욕망에 사로잡혀 오로지 지금 이 순간의 기쁨을 놓치지 않으려 했다.

이 시끌벅적한 가운데, 곱게 꾸민 신부는 마치 희망 없는 죄수가 감옥의 침침한 벽 앞에서 탄식하는 것과 같이 슬픈 눈으로 모든 광경을 보고 있었다.

영혼의 반항

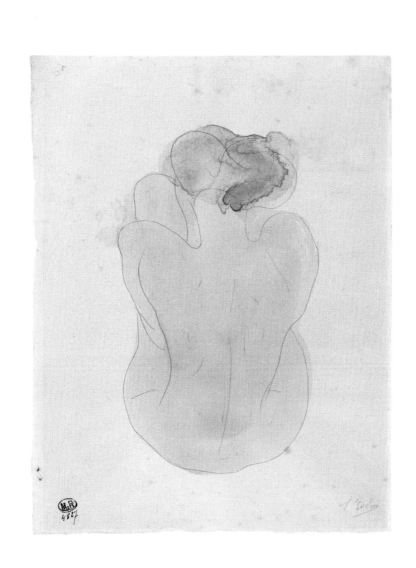

영혼의 반항
279

이따금 신부는 방 한쪽 구석으로 눈길을 보내곤 했다. 그곳에는 스무 살 남짓한 젊은이가 상처 입은 새처럼 혼자 앉아 있었다.

하객들과 멀찍이 떨어진 자리에서 그는 어떤 보이지 않는 무엇인가를 꿰뚫어 보는 듯한 얼굴로 팔짱을 꼭 끼고 앉아 있었다. 마치 암흑의 환영을 찾아 허공을 날기 위해 영혼이 육체로부터 빠져 나간 듯한 모습이었다.

자정이 되자 하객들은 더욱 들떴고, 집안은 거의 아수라장으로 변했다. 포도주의 자극이 온몸에 퍼지면서 움직임이 둔해지고 말을 더듬는 사람들이 늘어났다.

조금 뒤 신랑이 먼저 자리에서 일어났다. 그는 마흔 안팎으로, 보잘것없고 궁상스럽게 생긴 남자였다. 일찌감치 거나하게 취한 그는 하객들에게 친절한 인상을 보이려 재미있는 농담을 던지며 가운데로 걸어 나왔다.

그러자 신부는 하객들 중 한 소녀에게 손짓을 했다. 소녀는 신부 옆에 다가와 앉았다. 신부는 아주 끔찍한 비밀을 폭로하는 사람처럼 초조히 주위를 두리번거리고는 몸을 숙여 떨리는 목소리로 소녀에게 말했다.

"내 소중한 친구야! 어린 시절부터 너와 내가 맺은 세상 무엇과도 바꿀 수 없는 우정과, 내 진실한 마음으로 네게 간청할게. 우리 영혼을 빛내는 모든 사랑과, 내 가슴속 기쁨과 슬픔에 기대 부탁할게. 지금 셀림한테 가서 아무도 모르게 정원 버드나무 아래에서 나를 기다려달라고 말해주렴. 나를 대신해 그 사람에게 간절히 애원해다오. 지나간 우리 추억을 얘기하고 사랑의 이름으로 그를 설득해주렴. 한때는 그의 애인이었던 그녀가 이제는 어리석고 불행한 여자라고 말해다오.

영혼의 반항

그녀는 조금씩 죽어가고 있으며 어둠이 오기 전에 그에게 가슴을 열어 보이고 싶어한다고 전해주렴. 지옥의 불길에 모조리 타오르기 전에 사랑하는 사람의 눈에 비치는 그 따사로운 빛을 보고 싶어 한다고. 스스로를 이토록 무너트린 자신의 죄를 고백하고 그에게 용서를 빌려 한다고 말해주렴. 어서 그에게 가다오. 이 야비한 이들의 눈길 따위는 무시하고, 제발 나를 위해 말해주렴. 술이 그들의 눈과 귀를 멀게 했으니 걱정할 것 없어. 어서 가서 내 마음을 전해다오."

친구 수잔은 그 애달픈 간청을 들어주기로 하고 외로이 앉아 있는 셀림 곁으로 갔다. 그리곤 조금 전 신부가 한 말을 그의 귀에 속삭이고 대답을 기다렸다.

애끓는 염원을 담은 신부 얼굴은 사랑이 넘쳐흘렀다. 셀림은 수잔의 말에 조용히 귀 기울이고 있었다.

수잔이 말을 마칠 때까지 아무 대꾸도 않던 셀림은 마치 목마른 사람이 하늘을 우러러 기도하듯 그녀를 바라보았다. 그러고는 세상 가장 깊은 곳으로부터 터져나온 듯한 응어리진 탄식을 내뱉었다.

"버드나무 밑에서 기다리겠소."

말을 마친 뒤 그는 의자에서 벌떡 일어나 정원으로 나갔다.

신부도 자리에서 일어나 셀림을 따라갔다. 신부는 벌써부터 술에 찌든 남자들과, 그곳 남자들에게 이미 사랑을 허락한 여자들 사이를 조심스럽게 빠져나갔다.

어둠의 외투를 두른 정원에 다다르자 신부는 걸음을 서둘렀다. 셀림이 기다리고 있을 버드나무숲에 닿을 때까지, 굶주린 늑대에게 쫓기는 한 마리 영양처럼 온 힘을 다해 뛰었다.

마침내 그가 보이자, 신부는 셀림의 품에 와락 달려들며 그

영혼의 반항

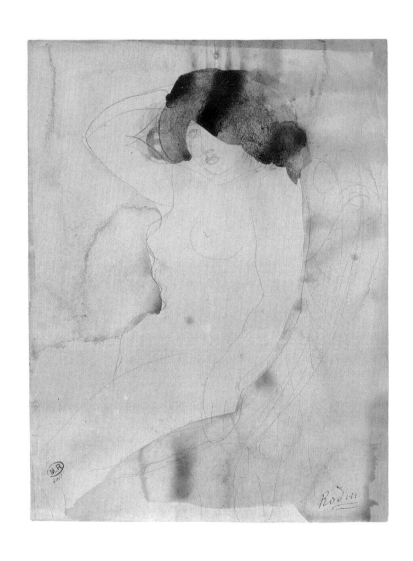

영혼의 반항

목에 팔을 감았다. 그녀는 그의 눈을 마주 보며 가슴 깊은 곳에서 솟아오르는 말들을 토해냈다. 하염없이 눈물이 흘러내렸다.

"오! 제 말을 좀 들어주세요. 제 어리석음과 성급함을 얼마나 뉘우쳤는지 모른답니다. 셀림! 뒤늦은 후회로 제 가슴은 처참히 무너졌어요. 전 누구보다도 당신을 사랑하고 있어요. 마지막 순간까지 당신만을 사랑할 거예요. 사람들은 당신이 이미 저를 잊고, 다른 여인을 사랑한다고 말했어요. 사람들의 혀는 독이 되어 제 몸을 아프게 했고, 제 가슴을 갈기갈기 찢었고, 제 영혼을 거짓으로 가득 채웠어요. 나이베는 제게, 당신은 저를 잊었고 이젠 저를 증오하며 자기와 사랑에 빠졌다고 했어요. 그녀가 저를 너무나 괴롭혔지요. 그 사악한 여자는 저를 엄청난 혼란속으로 밀어 넣었어요. 그런 식으로 자신의 친척과 내가 결혼하도록 꾸민 겁니다. 하지만 셀림! 제게는 당신뿐이에요. 다른 남자는 그 누구도 필요치 않아요. 이제 제 눈에는 그 어떤 것도 보이질 않아요. 그저 당신만이 유일한 존재랍니다. 전 이제 다시는 집으로 돌아가지 않겠어요. 전 당신 품에 안기기 위해 왔어요. 세상 누구도 절망에 빠져 어쩔 수 없이 택한 그 남자의 품으로 돌아가도록 저를 다시 끌고 가진 못해요. 거짓으로 선택한 남편과 운명에 의해 보호자가 된 아버지 곁을 떠나왔어요. 화관을 쓰고, 관습과 전통을 따라야 하는 족쇄 같은 율법을 뒤로 하고 나온 겁니다. 술과 쾌락에 찌든 집을 떠나 당신과 함께 멀리 도망치려고 왔어요. 지구 끝까지라도……, 지금 바로 죽음의 손아귀에 떨어진다 해도……, 그 어디로든 가겠어요. 셀림! 우리 어서 이곳을 떠나요. 해변으로 내려가 저 멀리 우리만의 세계로 데려다

영혼의 반항

줄 배를 타요. 자, 어서 가요. 새벽이 오기 전에 저들 손에 붙잡히지 않을 안전한 곳에 닿을 수 있도록. 이 비싼 장신구와 보석들을 보세요.

이것만 있으면 우리는 언제까지나 왕자와 공주처럼 살 수 있을 거예요. 셀림! 왜 말이 없나요? 왜 그렇게 저를 바라보시는 건가요? 왜 제게 입 맞추지 않나요? 당신은 제 가슴속 외침이 들리지 않으세요? 아직도 제가 부모님을 배반하고 도망쳐 온 것을 믿지 못하시나요? 말을 좀 해주세요, 셀림! 아니면 빨리 떠나시든지요. 지금 이 시간이 우리에겐 다이아몬드보다 더 귀중하고 제왕들의 왕관보다도 더욱 값진 순간이랍니다."

신부가 쏟은 모든 말과 그 목소리에는 인생의 속삭임보다도 달콤하고, 죽음의 구덩이보다도 쓰고, 새의 날갯짓보다도 가볍고, 파도의 한숨보다도 깊은 음악이 들어 있었다.

그녀의 가슴속엔 희망과 절망, 쾌락과 고통, 기쁨과 슬픔을 넘나드는 모든 갈망이 숨어 있었다.

셀림은 그냥 그대로 선 채 조용히 이야기를 들었다. 그는 사랑과 율법의 갈림길에서 엄청난 혼란에 빠졌다. 사랑은 정글을 평원으로, 어둠을 빛으로 만드는 것, 도덕을 지키는 명예란 욕망에 휘둘리지 않도록 단련하는 것. 사랑은 신이 인간의 가슴에 심어주신 것, 명예란 인류의 전통과 율법에 의한 도덕적 관습을 마음에 채우는 것.

암담한 현실에 괴로워하던 셀림은 이윽고 머리를 들었다.

명예심은 욕망을 이겨내도록 부추겼다. 그는 겁에 질린 채 자신을 바라보는 신부를 외면하며 나직이 말했다.

"당신 남편이 있는 곳으로 돌아가시오. 이미 다 끝난 일이

영혼의 반항

287

오. 사람이 꿈에서 깼을 땐 모든 것을 잊는 법이오. 어서 가시오. 눈치 빠른 하객들이 당신을 찾기 전에. 옛 애인을 버렸듯이 결혼식 날 밤 남편을 버렸다고 그들이 수군대기 전에, 어서 안으로 들어가시오."

그 순간 신부는 바람 부는 길가에 핀 한 송이 시든 꽃처럼 몸을 떨었다. 그녀는 고통스러운 얼굴로 고개를 가로저었다.

"비록 숨이 끊어지는 한이 있어도 저 집으로는 다시 돌아가지 않겠어요. 이제 나는 영원히 저 곳을 떠난 몸, 저 집과 그 안에 있는 모든 것으로부터 벗어났습니다. 죄수가 유배지를 떠나듯 말이지요. 나를 의심하지 마세요. 우리를 하나로 묶은 사랑의 힘은 내 몸을 한 남자의 일부분으로 만들려 했던 신부님 손보다 더 강하니까요. 당신 목을 감고 있는 내 팔을 봐요. 내 영혼은 당신의 영혼에 밀착해 있어요. 죽음조차 그것을 떼어놓지 못해요."

셀림은 그녀의 팔에서 벗어나려고 무진 애를 썼다. 그리고 그녀를 혐오하는 감정을 얼굴에 드러냈다.

"자, 이제 소용없어요. 빨리 나를 떠나요. 난 이미 당신을 잊었소. 다른 여자를 사랑하고 있다는 사람들 얘기는 모두 사실이오. 내 말 무슨 뜻인지 알겠소? 이미 내 마음에 당신 자리는 없어진 지 오래요. 당신에 대한 증오 때문에 다른 곳으로 눈을 돌렸던 거요. 어서 날 떠나요. 나 역시 내 길을 갈 테니 당신도 남편에게 충실하며 살아가도록 해요."

신부는 슬픔을 가까스로 삼키며 외쳤다.

"절대로 그럴 리 없어요. 난 당신 말을 믿을 수 없어요. 당신은 분명 나를 사랑하고 있어요. 당신의 눈에는 아직 진실한 사랑이 담겨 있어요. 나는 그것을 읽었고, 당신의 몸을 만지

영혼의 반항

면서 사랑을 느꼈어요. 당신은 나를 사랑하고 있어요. 내가 당신을 사랑하는 것만큼 말이에요. 혼자서는 절대 이 곳을 떠나지 않겠어요. 나한테 힘이 남이 있는 한 저 집으로는 들어가지 않겠어요. 당신이 가는 곳이라면 세상 끝이라도 따라가겠어요. 그것이 죽음에 이르는 길이라 해도 전 당신을 따를 거예요. 그러니 어서, 당신이 앞장서세요."

그러자 셀림은 언성을 높였다.

"제발 내가 시키는 대로 해요. 안 그러면 하객들이 정원 한가운데로 몰려오도록 소리치겠소. 그러니 어서 남편에게로 가요. 당신의 옳지 못한 행동으로 놀림감이 되기 전에! 내 사랑 나이베를 부르면 그녀는 승리를 확신하고 당신을 비웃을 거요."

말을 마친 뒤 그는 그녀를 힘껏 밀어젖혔다. 순간, 그녀의 눈에서 광기가 번뜩였다.

애원하는 듯한 눈은 곧 노여움과 질투로 이글거렸다. 신부는 마치 새끼를 잃은 어미 사자와 같은 모습으로 마구 울부짖었다.

"이 세상 누가 나처럼 당신을 사랑할 수 있어! 진실한 사랑으로 당신과 입맞출 여자가 나말고 또 어디 있느냐구요?"

순간, 그녀는 품안에서 단검을 꺼내 들어 주저 없이 셀림의 가슴에 꽂았다.

셀림은 비틀거리며 힘없이 쓰러졌다. 그 모습은 마치 폭풍을 맞아 넘어지는 나무와 같았다. 그녀는 무릎을 꿇고 엎드려 그에게 몸을 기댔다.

그녀가 든 단검에서는 핏방울이 뚝뚝 떨어졌다. 셀림은 가까스로 눈을 떴다. 이미 그 눈 언저리에는 죽음의 그림자가

영혼의 반항

드리워져 있었다. 그는 가쁜 숨을 토하며 입을 열었다.

"내 사랑 라일라! 어서 이리 가까이 와요. 제발 내 곁을 떠나지 말아주오. 사랑은 죽음보다 강한 법. 그대 결혼을 축하하기 위해 온 사람들이 웃는 소리를 들어봐요. 그리고 술잔이 부딪치는 소리를. 그대는 저 무례하고 씁쓸하기만 한 불협화음 속에서 나를 구했소. 라일라! 내 뼈와 살을 찢은……, 그대 손에 입 맞추어도 되겠소? 어서 내 입술에 입을 맞춰주오……. 라일라. 가슴속 비밀을 속인 이 거짓 입술에 말이오. 그대 손으로 기운을 잃은 내 눈꺼풀을 덮어주오. 내 영혼이 곧 저승으로 떠나면 그 칼을 내 손에 쥐어주고 사람들에게 말하구려. 이 사람은 한 여자를 잃고 질투와 절망에 휩싸여 자살했노라고. 라일라, 난 당신을 사랑했소, 세상 그 누구보다도……. 그렇지만 결혼식날 밤에 신부를 데리고 도망치는 것보다는 내 인생을 이렇게 희생하는 것이 차라리 행복하다오. 사람들이 내 초라한 주검을 보러 오기 전에 어서 내게 입맞춤해주오, 라일라, 라일라!"

식어가는 손을 피 흘리는 가슴에 얹고, 셀림은 마침내 머리를 옆으로 떨어뜨렸다. 그의 영혼은 육신을 떠났다.

신부는 고개를 쳐들고 공포에 찬 목소리로 집 안을 향해 외쳤다.

"여기 좀 보세요. 자, 우리의 결혼 첫날밤을……. 술 취해 잠든 모든 이여, 빨리 깨어나 우리를 보세요. 우리의 사랑과 죽음과 인생의 비밀을 보여드리겠어요."

라일라가 외치는 소리는 집 안 구석구석까지 울려 퍼졌다. 흥청거리던 사람들은 그 목소리에서 오싹한 기운을 느꼈다.

마치 갑작스레 선잠에서 깨어난 듯, 그들은 멍하니 라일라

영혼의 반항

293

의 절규를 들었다. 허나 곧 집 밖으로 뛰쳐나왔다. 하객들은 엎어지고 넘어지며 허둥지둥 달려와, 죽은 셀림의 시체 옆에 무릎 꿇고 엎드린 신부를 보았다. 순간 그들은 놀랍고 두려워질린 얼굴로 흠칫 한 걸음 물러섰다.

그들 중 어느 누구도 사태의 흐름을 파악하지 못했다. 셀림의 가슴에 낭자한 선혈과 신부가 쥔 피 묻은 단검을 본 사람들은 혀가 굳어 버렸고, 그들의 영혼마저 얼어붙었다.

신부는 천천히 그들을 올려다보았다. 그녀의 얼굴은 슬픔과 공포로 뒤덮혀 있다.

"이리들 가까이 오세요. 오, 비겁한 분들이여, 죽음의 순간을 두려워하지 마세요. 여기 이 시신은 신성한 도구이니 당신들 불결한 몸과 거짓으로 찌든 영혼을 털끝만큼도 건드리지 않을 것입니다. 결혼식 예물로 꾸민 이 멋진 젊은이를 잘 보세요. 나는 그를 사랑하기 때문에 죽였답니다. 그는 내 신랑이며, 나는 그의 신부랍니다. 우리는 아름다운 첫날밤을 보내기 위한 침대를 구하려 했지만, 여러분들의 탐욕으로 부패한 이 세상에선 우리에게 맞는 침대를 구할 수 없었습니다. 당신들이 만든 전통과 그 억압의 사슬에서 풀려나려면 우리는 구름 저쪽 머나먼 나라로 가는 것이 좋겠어요. 자, 두려워 떨고 있는 당신들, 좀더 가까이 오시죠. 그리고 보세요. 아마 우리 얼굴에 반사된 하느님 얼굴과 우리 마음에서 울리는 하느님의 부드러운 목소리를 들을 수 있을 겁니다."

그때까지도 사람들은 꼼짝없이 그 자리에 못 박힌 듯 서 있었다.

"내 애인이 나를 버렸고 자신과 사랑에 빠졌다는 거짓을 소문낸 그 악독한 여자는 어디 있나요? 신부님께서 내 손을 자

영혼의 반항

기 친척의 머리 위에 올렸을 때, 그 사악한 여자는 자신이 승리한 줄 알았겠지요. 그 나이베라, 지옥에서 온 독사는 어디로 갔나요? 나는 오늘, 그녀가 내게 강제로 떠다 민 남자가 아닌 내가 사랑하는 이와 혼례를 치렀다는 걸 보여 주어야 해요. 여러분들은 내 말을 조금도 이해하지 못할 거예요. 누구도 어두운 마음으로는 별의 노래를 들을 수 없으니까요. 하지만 결혼식날 밤 애인을 살해한 여자 이야기를 아이들한테는 들려주겠지요. 그리고 어긋난 입술로 나를 저주할 테지요. 그러나 여러분의 자손들은 나를 숭배할 거예요. 진리란 항상 내일을 위해 있는 것이니까요. 그리고 부와 질투를 이용해 나를 아내로 삼으려던 남자! 당신은 어둠 속에서 빛을 찾고 바위틈에서 물이 흐르길 기다리고, 황무지에서 장미가 피기를 바라는 간교하고 어리석은 사람이에요. 당신은 장님을 지도자로 삼은 이 바보들의 우상입니다. 당신은 멋을 내고자 자신의 팔다리를 자르려는 헛된 인간의 좋은 본보기지요. 그러나 난 당신의 그 모자람을 용서합니다. 영혼이 떠날 땐 기꺼이 이 세상의 죄악을 용서하는 법이니까요."

그 순간 라일라는 마치 목마른 사람이 물잔을 입으로 갖다 대듯, 높이 쳐들었던 단검을 자기 가슴에 내리꽂았다. 이윽고 목이 잘린 백합처럼 애인 옆으로 쓰러졌다.

여자들은 그 처참함에 비명을 지르며 정신을 놓아버렸다. 사방에서 남자들이 고함치며 희생자들 주위로 몰려들었다.

아직 숨이 남았던 라일라는 다가온 그들을 조용히 올려다보았다. 그녀의 가슴에선 피가 흘러넘치고 있었다.

"내 곁으로 가까이 오지 마세요. 여러분들은 절대로 우리를 갈라놓을 수 없어요. 이제 굶주린 대지가 우리를 한 입에 삼

영혼의 반항

297

킬 것입니다. 봄이 오기 전 겨울 눈보라가 꽃씨를 지켜주듯이
……."

라일라는 셀림의 가슴 위에 엎드려 그 차가운 입술에 자기
의 입술을 대었다.

"사랑하는 이여! 내 영혼의 반려자여, 질투로 가득 찬 이
들이 우리 침대 곁에 서 있는 것을 보세요. 우리를 바라보는
저들의 눈, 이빨을 부딪는 소리, 그들의 뼈가 부딪는 소리를
들어보세요. 셀림, 당신은 오랫동안 기다렸어요. 여기 나를
좀 보세요. 나는 이제 내 몸을 휘감고 있던 굴레를 벗어버렸
어요. 이제 거리낌 없이 태양을 향해 갈 수 있어요. 우린 암
흑 속에서 너무 오래 살았어요. 모든 것이 숨어버렸어요. 이
제 당신밖에는 아무것도 보지 않겠어요. 내 입술을 보세요,
난 더 이상 숨 쉴 힘이 없어요. 셀림, 어서 가요. 저 빛나는
허공 속으로 사랑이 날개를 펴고 우리보다 앞서 날고 있어요."

마침내 라일라는 쓰러졌다. 그녀의 피가 그의 피와 섞였다.
그녀는 그의 목에 머리를 눕혔다. 그리고 그의 눈을 마주 보
았다.

사람들은 말을 꺼낼 수가 없었다. 모두 얼굴빛이 백지장처
럼 하얘졌고, 무릎에선 힘이 빠져나갔다. 죽음의 공포가 모든
이들의 생명력을 빼내버린 것 같았다.

그때 결혼식의 주례를 맡았던 신부가 앞으로 나왔다. 그는
죽은 두 사람을 향해 오른팔을 흔들며 겁에 질린 사람들에게
큰소리로 외쳤다.

"죄악의 피로 더럽힌 이 두 시체에 손을 대는 자에겐 저주
가 있을지어다. 지옥으로 떨어질 이들에게 동정하는 눈물을
흘리는 눈에도 저주가 있을지어다. 소돔의 아들과 고모라의

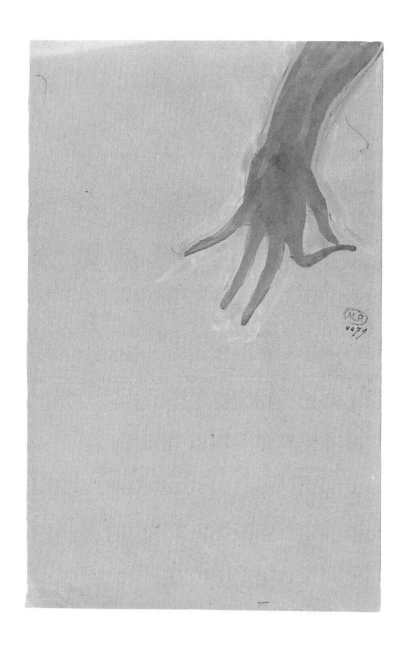

영혼의 반항

딸인 두 시체는 피로 더럽힌 채 땅에 버려져 개들에게 그 살이 뜯기고, 바람이 뼛속을 흩어놓을지어다. 여러분들은 이 죄악과 부패의 악취로부터 몸을 피하시오. 이 냄새나는 시체 옆에 서 있지 말고 모두 집으로 돌아가시오. 지옥의 불이 당신들을 덮치기 전에! 여기에 남아 있는 이는 신앙심 깊은 자들의 거룩한 성전에 들어올 수 없을 것입니다."

그때 수잔이 앞으로 나왔다. 그녀는 눈물이 그렁그렁한 눈으로 시체를 보며 용기 있게 입을 열었다.

"나는 여기 남겠어요. 새벽이 올 때까지 저들을 지키고 있다가, 이 흔들거리는 가지 밑에 무덤을 파겠어요. 당신이 막으시면, 내 손가락으로라도 땅을 파겠어요. 만약 내 손을 묶는다면 이빨로라도 땅을 파겠어요. 당신들은 빨리 이곳을 떠나세요. 돼지들은 아름다운 향기를 건지지 못하고, 도둑들은 집주인과 날이 밝아오는 것을 두려워하니까요. 음침한 당신들 침대로 어서들 돌아가세요. 사랑의 순교자들을 위한 천국의 음악이 들리지 않을 테니까요."

결국 사람들은 하나 둘 흩어졌고 신부의 찡그린 얼굴도 사라졌다.

수잔은 고요한 밤에 아기를 돌보는 어머니처럼, 움직이지 않는 시체 옆에 남았다. 사람들이 모두 떠난 뒤에야 그녀는 비통에 빠져 목놓아 울기 시작했다.

Vase

Colonne

M.R
3446

칼릴 지브란 연보

1883년 1월 6일, 지브란은 레바논 비샤리라는 읍의 와이 콰디샤 (성스러운 계곡)에 있는 홀리 시더 그로브 부근에서 태어났다. 어머니 카밀레는 이스티판 라메라는 목회자의 딸로, 미망인의 몸으로 칼릴 지브란의 아버지와 결혼했다. 카밀레는 첫 남편과의 사이에 보우트로스라는 아들을 두었다. 지브란이 태어났을 때, 보우트로스는 여섯 살이었다.

1885년 큰 여동생, 마리안나가 태어났다.

1887년 둘째 여동생, 술타나가 태어났다.

1895년 지브란은 이복 형인 보우트로스와 어머니, 두 여동생과 함께 미국으로 이주, 보스턴의 차이나타운에 정착했고, 아버지는 레바논에 남았다.

1897년 레바논으로 돌아온 지브란은 알 힐크마 스쿨에서 공부했다. 정해진 과목 외에 다양한 분야를 배우며, 아랍의 고전문학과 현대문학에 심취했다.

1989년 비샤리에서 여름방학을 보내는 동안 명문가 출신의 사이디와 할라와 사랑에 빠졌다. 이 아가씨의 신분과 두 사람의 관계에 대해서는 추측이 분분하지만, 지브란의 첫사랑이 실망스러웠다는 것은 분명하다. 지브란은 가을에 보스턴으로 돌아갔고 몇 년 후 이 불행

예언자

302

한 관계를 《부러진 날개》에 기술했다.

1902년 어느 미국인 가족의 통역을 맡아 레바논에 갔지만, 여동생 술타나의 사망과 어머니의 중병 소식을 듣고 급히 귀국했다.

1903년 3월에는 형 보우트로스가, 6월에는 어머니가 세상을 떠났다. 사망 원인은 둘 다 결핵이었다.

1904년 화가로서 세인의 주목을 받기 시작했다. 유명 사진가 프레드 홀랜드 데이가 지브란의 첫 후견인이 되었고, 이 해 1월에는 데이의 스튜디오에서 지브란의 전람회가 열렸다. 2월, 두 번째 전람회가 케임브리지 스쿨에서 열렸다. 이 개인교육기관의 소유자이자 운영자였던 메리 해스켈은 지브란의 가까운 친구이자 후견인이 되었다.

케임브리지 스쿨에서 아름답고 열정적인 프랑스계 여인 에밀리 미쉘을 만나 사랑에 빠졌다.

1905년 아랍어로 된 첫 번째 작품 《음악》을 출판했다.

1906년 《계곡의 님프들》에서 교회와 미국을 맹렬히 공격했고, 이 작품으로 인해 반항아, 개혁가라는 명성을 얻게 되었다.

1908년 《반항적인 영혼들》의 출판을 주선한 지브란은 《종교와 신앙의 철학》을 집필했으나 이 원고는 출판되지 않았다. 메리 해스켈의 지원을 받아 파리의 '아카데미 줄리앙'과 '에꼴 데 보자르'에서 공부했다.

파리 체류 중 유럽문학을 접하고, 동시대의 영국과 프랑스 문인들의 작품을 읽었다. 특히 윌리엄 블레이크의 작품을 탐독, 그의 사상과 예술로부터 깊은 영향을 받았다.

1909년 파리에서 공부를 계속하며 '알 히크마'에서 미술 공부를 같이 했던 동창생 유수프 알 후와이크와 재회했다. 두 사람은 가까운 친구가 되어 함께 현대적 회화 기법을 연구, 실험했다. 조각가 오귀스트 로댕을 만났다. 그를 지도한 메트르 로랑스 곁을 떠나 홀로 그림을 그리기 시작했다.

아버지가 레바논에서 사망했다.

1910년 아민 리하니, 유수프 알 후와이크와 런던에서 만나, 아랍 세계에 문화 부흥기를 가져올 여러 가지 계획을 세웠다. 10월 보스턴으로 돌아온 후, 10년 연상인 메리 해스켈에게 청혼했으나 거절당했다.

1911년 아랍 종교사회단체 '골든 서클'을 창설했으나 아랍 이민자들에게서 호응을 얻지 못하여 첫 회합을 끝으로 해산했다.

초상화를 그려서 생계를 꾸려갔다.

1912년 보스턴에서 뉴욕으로 이주해, 맨해튼 5번가와 6번가 사이의 웨스트 10번가 51번지의 스튜디오를 세냈다. 1903년부터 써온 자전적인 작품 《부러진 날개들》을 출간했다.

이집트에 사는 레바논 여성 작가, 마이 지아다와 서신교환을 시작했다. 지브란이 사망할 때까지 20년 넘게 지속되었다.

1914년 1904년 이후 여러 잡지에 기고한 산문시를 모아, 《눈물과 미소》라는 제목으로 출판했다. 12월에는 뉴욕의 '몬 트로스 갤러리'에서 그림과 드로잉화 전시회를 열었다.

1917년 뉴욕의 '뇌들러 갤러리', 보스턴의 '돌 & 리차드 갤
러리'에서 전시회를 열었다.

1918년 영어로 쓴 첫 작품 《광인》을 출판했다.

1919년 앨리스 라파엘의 설명이 수록된 드로잉화 모음집 《드
로잉 20》을 출판하고 직접 그린 드로잉화를 곁들인
철학시 〈프로세션〉을 발표했다.

1920년 1912년부터 1918년 사이에 다양한 저널에 게재된 산
문시 모음집 《폭풍우》를 출간한 데 이어, 영어로 쓴
두 번째 저서 《선구자》를 출판했다. '알 라비타르 콸
라미야'라는 문학단체의 설립자 겸 회장이 되었다.
이 협회의 회원에는 저명한 아랍 이민자들이 소속되
어 이민 온 아랍 시인들과 훗날 배출된 아랍계 문필
가들의 작품에 커다란 영향력을 발휘했다.

1921년 희곡 《높은 기둥의 도시, 이람》을 출간했다. 이 작품
은 아랍어로 쓰여졌으며, 신비주의에 관해 토론하는
형식을 취했다. 건강상태가 악화되기 시작했다.

1922년 1월, 보스턴의 '여성 시티 클럽'에서 전시회를 열었
다.

1923년 아랍의 철학자와 시인들을 그린 스케치들을(17세 때
상상으로 그린 그림) 함께 실은 《아름답고 드문 말
들》을 출판했다. 대표작 《예언자》를 출판하여 엄청난
사회적 반향을 일으켰다.

1926년 아포리즘 모음집 《모래와 거품》을 출판했다.

1928년 《사람의 아들 예수》를 출판했다.

1931년 세상을 떠나기 2주 전, 《지상의 신들》을 출판했다.

오랜 고통스런 투병 생활 끝에 4월 10일 금요일, 뉴욕의 한 병원에서 숨을 거두었다. '한쪽 폐에 초기 결핵 증상이 보이는 간경화'라는 검시 결과가 나왔다. 그의 시신은 이틀 간 장례식장에 모셔져 숭배자 수천 명의 조문을 받았다. 그 다음 보스턴으로 옮겨져 교회에서 장례삭이 열렸다. 시신은 납골당에 안치되었다가, 8월 21일 레바논 비샤리로 옮겨져 마르 사르키스 수도원에 안치되었다. 비샤리 사람들은 레바논 정부의 후원과 격려 속에 마르 사르키스에서 멀지 않은 곳에 지브란 박물관을 세웠다. 그가 남긴 두 작품이 사후에 출판되었다. 1932년 출판된 《방랑자》는 완성된 원고였고, 미완의 원고였던 《예언자의 정원》은 1933년, 미국의 여성 시인, 바바라 영이 정리하여 출판했다.

옮긴이 박지은
충남 공주에서 태어남.
세종대학교 영문학과 졸업. 중앙대학교 대학원 문학예술학과 졸업.
지은책 「사랑의 선물」 「엄마를 부탁해요」
옮긴책 제임스 알렌 「인생연금술」 토마스 칼라일 「영웅숭배론」

The Prophet
예언자

칼릴 지브란/박지은 옮김
1판 1쇄 발행/2011. 12. 25
1판 2쇄 발행/2015. 6. 20
발행인 고정일
발행처 동서문화사
창업 1956. 12. 12. 등록 16-3799
서울 강남구 도산대로 163(신사동 1층)
☎ 546-0331~6 (FAX) 545-0331
www.dongsuhbook.com
잘못 만들어진 책은 바꾸어 드립니다.

*

사업자등록번호 211-87-75330
ISBN 978-89-497-0757-0 03840